[日] 上远野浩平 著
汤豆腐 译



# 杀龙事件

a case of
dragonslayer
by
Kouhei Kadono

宁波出版社
NINGBO PUBLISHING HOUSE

◇千本樱文库◇

# ◇前言 PREFACE

文库，原本是指收纳书物的仓库和书库，也指收纳书、记事簿以及非日常物品的小箱子。以前者为例，京浜急行线的“金泽文库站”就是镰仓时代北条氏用来收藏汉书用的，“金泽文库”名称的由来便是如此。东京都的世田谷区也有收藏着珍贵汉书的“静嘉堂文库”。后者多被称为“手文库”。

江户时代以来，可以放入袖袂的小开本图书逐渐流行起来，被称为“袖珍本”。明治三十六年（1903年），富山房发行了小开本的丛书，起名“袖珍名著文库”。随后，明治四十四年（1911年），讲述战国时代的猿飞佐助和雾隐才藏系列故事的讲谈社“立川文库”出版发行。讲谈是一种日本民间艺术，指以口语化的方式讲述历史故事的形式。而“立川文库”则是指由讲谈收录成册并集中出版的丛书，据统计，当时刊行量为200册左右。从那时起，文库就脱离了原本的释意，逐渐演变成了现在的类书集丛。

文库说法借鉴了日本出版界的传统说法。而千本樱源自日本奈良县吉野山樱花盛开的奇景，世人皆用“一目千本樱”来形容樱花美景。千本樱文库的收录作品皆为日系作品，题材包括推理、悬疑、幻想、青春、文化等类型，恰如千本樱满山盛开的绝景。

现代日本，以“文库”命名刊行的丛书系列有200种以上，所谓“文库本”只不过是统称而已。日本传统的文库本常用的是A6尺寸（148mm×105mm），也叫“A6判”。千本樱文库的所有图书将在文库本的基础上提升，达到148mm×210mm的开本标准。追求还原的同时，力图带给读者更清晰的阅读体验。

20世纪70年代以来，日系推理小说逐步进入中国读者的视野。随着时代发展，涌现出了各种不同风格的作家。1997年，上远野浩平带来了一部奇幻与悬疑结合的作品——《不吉波普不笑》。该作不仅获得了第四回电击游戏小说大奖与电击文库发行量最高之作的荣誉，更是奠定了轻小说热潮的基础，并对西尾维新、奈须蘑菇等知名作家产生了深远影响。对上远野浩平而言，与名作“不吉波普”系列有着平行世界关系的便是“战地调停士”系列。

《杀龙事件》作为奇幻推理“战地调停士”系列的开篇，宛若一场背景设定在虚构欧风大陆的角色扮演游戏。围绕一起有关龙的命案，三位性格迥异的主人公在死亡诅咒的加持下，共同踏上惊险刺激的解谜之旅，解开一场持续百年的阴谋。相信本作能为各位读者带来别样的推理体验！

千本樱文库编辑部

# RENAISSANCE OF LIGHT NOVEL

# 轻的文艺复兴

轻文艺是介于轻小说与纯文学之间的分类。与轻小说一样，轻文艺较多使用配色浓烈鲜明的背景与人物形象的立绘作为封面。而在内容方面，除了汲取轻小说中“剑与魔法”“异能”“机械”等常见要素以外，更加注重构筑世界观，合理搭建人物关系，使其充分服务于剧情发展，因此更加具有逻辑性，作品完成度更高，并非只依托于“角色力”。而与纯文学相比，其天马行空的想象力，更受年轻读者喜欢的角色，以及融入流行文化的余味，都充分诠释了“轻”的概念。作为类型文学的重要分支，“轻文艺”不仅体现着文学的功能性，更将娱乐性发挥得淋漓尽致。

说到轻文艺的起源，离不开轻小说的发展。21 世纪初，轻小说曾经涌现出大量内容丰富的杰出作品，读者群体涵盖甚广，题材百花齐放，文学性与娱乐性都非常高，当时堪称轻小说的“黄金时代”。但随着动画市场的商业化运作愈发成熟，轻小说逐渐受到形象商务与媒介联动的影响，“萌文化”与“角色力”逐渐占据主导地位，如今轻小说的受众群体范围在逐渐缩小。近年，轻文艺的涌现也正是适应了读者的需求与时代的改变。

“轻的文艺复兴”旨在再现当初轻小说“黄金时代”的繁荣，遴选当下具有代表性的轻文艺作品，其中既有口碑甚好的名作，也有个性鲜明的新作。宛如文艺复兴运动，将曾经辉煌过的流行文化，推荐给这个时代的读者们。

千本樱文库

明知长路漫漫，仍旧毅然踏上的旅途。
最终觅得的真相却是无明与混沌的序幕。

摧毁不死之身的荒诞，必将招致世间的争乱。

不解之谜化作诅咒，粉碎虚伪的假面。

# a case of dragonslayer

by

Kouhei Kadono

# 杀龙事件

# 目录



Contents

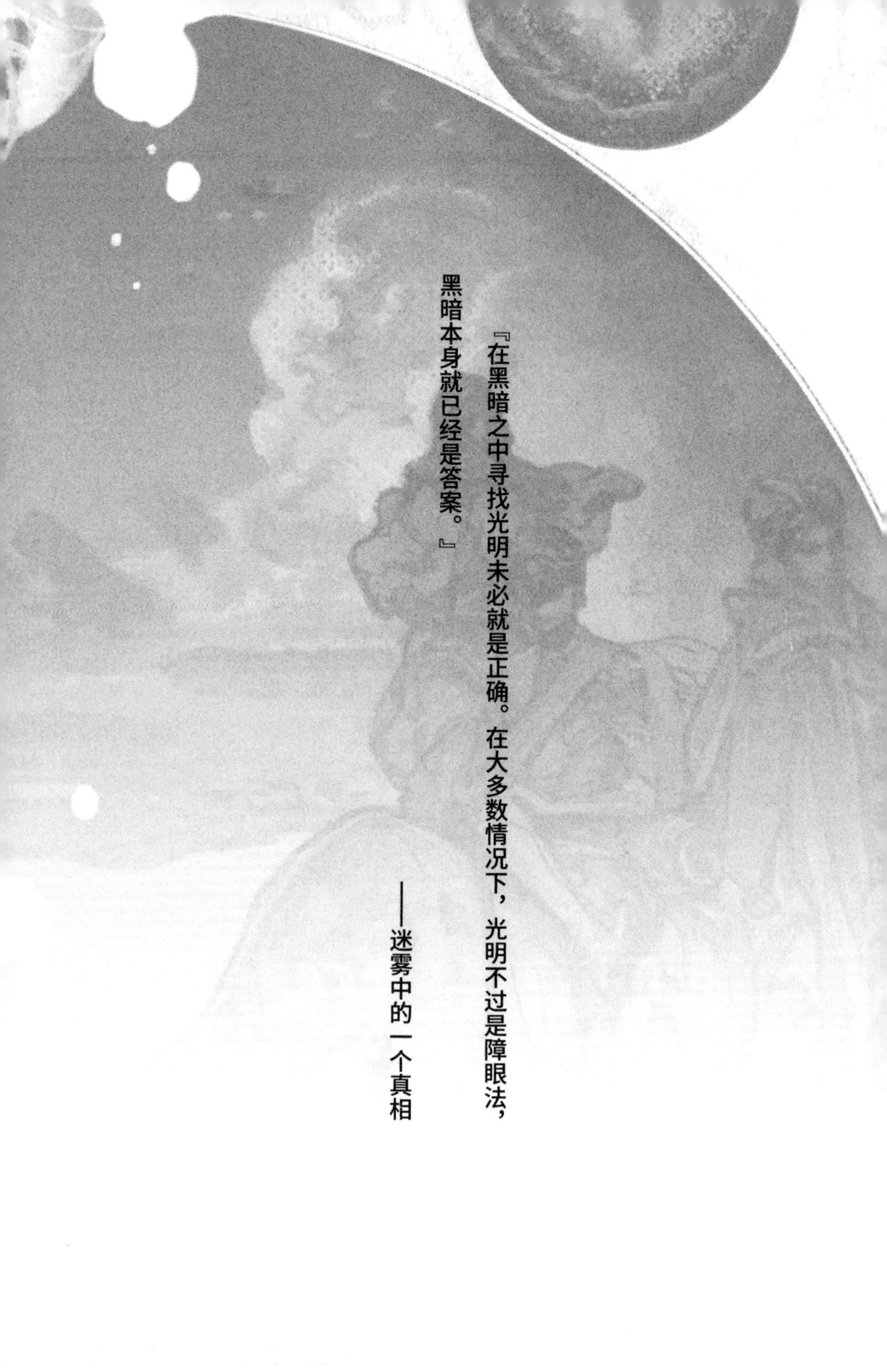

『在黑暗之中寻找光明未必就是正确。在大多数情况下，光明不过是障眼法，黑暗本身就已经是答案。』

——迷雾中的一个真相

# 楔　子

战况压倒性的不利。

“第、第三装甲骑兵队也溃败了！”

“原本在西边散开的小队受到冰结箭矢的齐射攻击，士兵的铠甲和战斗装备近乎全毁，已经失去战斗能力！”

“东边不行！东边设置了咒杀地雷，道路完全被堵死了！”

指挥官收到的只有令人绝望的报告。

“这下子，先头突击部队就全被歼灭了……”

他抬头看向天空。

天空正逐渐变成掺杂着淡紫的颜色——敌军的攻击咒语正在覆盖这一区域。

当咒语完成的时候，这里将变成燃烧地狱。友军部队的所有人都会被烧死。

魔导师部队正在部署与之对抗的咒语，但是敌方的力量更强大，他们的咒语几乎没有产生效果。

如果不是被身后陡峭的悬崖阻挡了退路，指挥官一定会立即撤退，但是敌军从一开始就打算把他们逼进死胡同再一举歼灭。他们完全中计了。

他们已再三示意想要投降，却得不到对面的应允。看来敌军的目的正是想通过实战来试验这种攻击咒语。所有试图突围的部队都被无情地歼灭了。

“这究竟是什么咒语……”

指挥官问魔导师副官。

“恐怕是一种利用怨念进行咒杀的咒语。咒语将埋骨于这片土地的生物的幽灵汇聚在一起，让它们向我们发动诅咒。那股在中途断绝的生命之力，作为诅咒仍然残留在这里。”

“比如‘我们都死了，为什么你们还活着’这类吗？”

“有些不一样吧……对于诅咒来说，生命就如同过去可憎的记忆。尽管诅咒并没有清晰的意识，但是作为活物的我们会让它们感到恼火，而不是怨恨。”

“没有办法缓解吗？”指挥官的发问反而带着明显的怨恨语气。

“我们正在努力。敌军咒语的性质已经得到解析，所以我并没有绝望。如果能够让诅咒的注意力被其他事物分散——”

魔导师这样说着，脸上渗出了黏糊糊的汗水。

“如何分散它们的注意力？”

“如果在其他地方，有某种庞然大物死去的话——诅咒现在以我们为目标，如果能够将目标转移到其他事物上——我们现在就是在做这样的诱导。”

“敌军早就考虑过这种对策吧？这样还会有用吗？”

“但是，只能赌一把了。”

“——好吧。总之，先让全军做好随时突围的准备。”

指挥官对身边的士官们做出指示。

魔导师集中精神，继续和部下们一同吟唱咒语。

然而，他的心里非常焦急……

虽然对指挥官是那么说，但是“庞然大物死去”这件事的后果本来就无法估量。毕竟是如此强大的诅咒，足以分散其注意力的死亡，对人类级别而言，就是成千上万条生命的规模。因为任何生物都只有一个灵魂，诅咒其实就是对附随于灵魂的魔力产生反应。如果对方是昆虫级别，就需要数百亿只昆虫的“死亡”。

如此可怕的“死亡”，真的会在此时，如此凑巧地发生吗?

他不禁这样想。

除非现在世界上的某个地方突然发生大地震或火山大爆发，使得成千上万的生物立即死亡，否则诅咒的目标不可能从他们身上转移。

与此同时，天空的紫色变得越来越浓重，甚至开始泛红。

而且，温度明显在逐渐上升。

士兵们仍然在附近等待。

指挥官和士官们都在密切地关注魔导师部队。

呜呜……

只有时间在白白流逝。脚下的野草发出“沙沙”的响声，变成干枯的样子。野花在眨眼之间变成褐色，然后逐渐枯萎。

地鼠猛地从洞穴里冲出来，还没在地面上扑腾几下，就露出肚皮抽搐起来。

士兵中也陆续有人被炎热——应该说是炽热，冲昏头脑，眼神变得恍惚起来。

甚至感觉不到恐慌。这股炽热让所有人的脑袋都变得昏昏沉沉，无法进行有效的思考。尽管没有刻意避免联想自己临终的情景，这一切还是在热浪之中显得不甚真切。

魔导师也是如此。对策是他想出来的，所以他仍然在拼命地吟唱咒语，但是这项工作已经变成了不经大脑的机械作业。

他渐渐不知道自己在做什么了。

恐惧、焦虑、使命感、痛苦、愤怒、憎恨……一切都如同冰雕，在阳光下逐渐融化。

“唉……为什么我们要在这种地方，做这种事啊……”士兵们能想到的，大抵只有这些内容。士兵级别以上的人们也是如此。

受困于不可避免的死亡却浑然不觉的他们，将会被平稳、切实地烧成灰烬。

最先注意到变化的不是魔导师，而是他的部下。

“咦？”

吸入的空气带着奇妙的凉意，一时间让他有些不知所措，接着才猛然回过神来。

他抬头看向天空。

转眼间，天空的红色果然开始消退了。

“喂，喂！”

听到他慌张的呼声，所有人都半张着嘴环视四周，然后才意识到覆盖全身的炽热正在逐渐退去。

“怎么回事？”

策划并实施作战的魔导师本人，在意识到这一点后，只是愈发茫然。

真的成功了吗……可、可是，也就是说——

然而，他并没有时间去思考。回过神来的指挥官一声令下，指挥杖一挥，全军立即拔腿就逃。

本以为已经胜券在握，作战计划却突然被打乱，敌军对此大感困惑，竟然未能阻止对面的凶猛攻势，只是任由前方战线被撕开一道口子，包围网也被一举突破。虽然敌军马上进行追击，但是时机一旦错过了，就难以挽回。只见双方的距离逐渐拉大，落在遥远后方的追兵发射出的火焰咒语，都成了半途而废的无用功。毫不夸张地说，整支军队只顾着竭尽全力逃跑，甚至没有回头看一眼。

可、可是，这到底是怎么回事？

魔导师一边紧紧地抱住全速奔跑的装甲马的背部，一边忍不住思考起来。

到底在哪里，有什么东西死了呢？

什么生命的消失会相当于成千上万的人类死亡呢？是在哪里发生的呢？

他们的确是得救了，但是他们真的可以坦然地为此庆幸并接受一切吗？

刚才那种不甚真切的感觉还留在脑海的角落里。本应在无法思考的状态下死去的命运，却苟延残喘着。

活下来，真的是幸运的吗？或许这只不过是更严重的事态的开端……这样的预感模糊地浮现在脑海里。

然而，这个预想却被轻易地推翻了。平安抵达己方阵地之后，等待他们的是战争走向终结的消息。

“这是怎么回事？”

“似乎是七海联盟出面调停了。据说会以不分胜负为结局，签订停战协定。”前来通知的高级士官说着，缩了缩脖子。

“既然要出面，就早点行动啊……”

“可、可是……”

“总之，本国来了命令，要求我们维持现在的阵地，不能动手。但如果敌方突然来袭，可以迎击。”

“可是！”

在队长身后的魔导师一脸茫然地看着他提出抗议。

到底是什么呢？

这场战争、他们的生命、以及拯救了他们的“庞然大物的死去”——

但是，这些似乎都已经是过去的事了。世界就这样若无其事地继续运转吗？这种仿佛看破红尘的想法浮现在他的脑海。

就在战争以这种形式走向终结的同时，在遥远得几乎不会让人产生联想的某个地方，事件已经发生了。

那是一起由庞然大物及其死亡、深重的徒劳和漫长的旅程所主导的，决不会为世人所知的，充满谜团和虚伪的神秘事件。

# 第一章 洞穴之中

a case of dragonslayer

# 1

罗米亚萨卢斯坐落于山脉谷地，是一座偏僻的独立城市。说是城市，其实就规模来说，更像是一个小小的村落。城市的两侧，分别是戴伊基和梅尔克诺斯这两个大国，在这样的地理位置上，一旦发生边境纠纷，罗米亚萨卢斯随时都有可能被占领。况且如果要在大国之间走陆路进行商贸活动，这里作为通过陡峭山脉的唯一通道，拥有各种特权。然而，罗米亚萨卢斯偏偏就是一座独立的小小城市，没有国家可以入侵这片土地。

原因简单明了。

因为这里有一条龙。

我乘坐由骑士驾驭的高速强化鸟来到了这个地方。

“那么，祝你武运昌隆，利斯卡瑟上尉。”

分别的时候，骑士在狭窄的鸟背上拉着缰绳说道，然后单手向我敬礼。他摆着一张苦瓜脸，大概是还不习惯向二十多岁的年轻女人敬礼吧。我露出了苦笑。

“应该不需要武运吧？毕竟在这次的任务中，‘如何防止发生战斗’才是我的职责。”

听了我的话，骑士的脸立刻变得通红。

“总、总之，祝你好运。”

“辛苦了。”

本来，本人莱泽·利斯卡瑟的祖国卡塔他并没有权利入侵这个地方。即便这次是特例，作为兵器的强化鸟也难以获得着陆的许可，它只能硬着头皮停在半空中，让我再从这上面跳下去。

强化鸟随即向上飞升，消失在天空的另一边。

着陆后，我环顾四周，映入眼帘的只有一望无际的荒野。在这个指定着陆点，既看不到前来迎接的人，也看不到防范发生紧急情况的警卫。到底是龙的栖息地呀——我不禁产生这样的感叹。

据说，龙不喜欢人类在它们的周围争斗。

正因为如此，战争的调停工作才会确定在这里进行。

“好了，赶紧出发吧。”

我扛着行李，开始往远处建筑物林立的地方前进。

但是，我的步伐并不沉重，甚至可以说是相当轻快。因为，在即将抵达的目的地，不仅有我，七海联盟的特使也会在那里。

他就是作为“风之骑士”闻名于世的希斯罗·克里斯托夫少校，是个我很熟悉的人物。他原本是里雷兹国的军人，长期派驻在七海联盟，而后就在那里大显身手。通过解决了足以摧毁整个国家的克奇塔失控事件，以及镇压了马哈拉库的海贼冲突，年纪轻轻的他已经作为一名战士享有盛名。

不过，我为这次见面感到兴奋，并不是因为他是如此著名的战士，而是因为我和他是曾经就读于同一所国际学校的同窗。在那时，他就已经展现出过人的才华。

我有好几次课题都请他帮过忙呢。正当我走在路上一边回忆着，一边独自笑出声时，“哎呀，我才是经常参考你的研究报告呢。”背后突然传来声音。

我吓了一跳，回头一看，只见一名年轻男子骑在马上，脸上带着和善的表情，笑眯眯地看着我。

希斯罗·克里斯托夫的笑容与十几岁时相比，丝毫没有变化。

“哇！希斯罗——不，克里斯托夫少校，你为什么会在这里？”

“我是来接你的，不过好像走过头了。说起来挺傻的，我一直就在距离强化鸟降落点很远的地方等着你。”

少校下了马，牵着马来到我身边。

“这不是装甲马，就是普通的马。据说在这里都是骑这样的马。”

少校率真地与我搭话，完全没有在意我刚才那些回忆时的自言自语，这让我的心有些发烫。

“好、好久不见！”我紧张地打了个招呼。

“哎呀，这下我放心了，利斯卡瑟上尉。”

“咦？”

“你在这个年纪就晋升为特务上尉，但还是和以前一样开朗。说实话，我刚才都有些害怕了。”

“你、你这是什么话？”

要这么说的话，他在七海联盟的军衔还是校官呢！比我的军衔还要高。不过，七海联盟的军阶几乎都是战场上的特例，所以我不知道他的正式军衔在哪个级别。

“请骑上马吧，我来拉缰绳。”

“怎么能让少校你……”

“这里没有人手，就算是我这种外行，也只能请你勉为其难了。”

“不，不是这个意思——那就听你的吧。”

少校牵着我的手，我骑上了马。他把行李放到马背上，然后牵着马向前走。虽然他说自己是外行，但是马却很听话。大概是在作为派遣军时前往的地方有过类似的经验吧。

我在马背上摇摇晃晃的，困惑地将视线重新投向少校。

他看上去还是那么温柔，但是整体变得很健壮。个子长高了不少，体格也似乎比以前大了一圈。毕竟距离上次见面已经过去七年了……我不禁再次体会到时间的流逝。这个人已经不是以前的少年希斯罗，而是闻名于世的“风之骑士”了。

我也因此想起了这次的任务。与少校叙旧的事恐怕要暂时搁置了。

这种想法似乎传给了背对着我的少校，我听到他叹了一口气。

“目前的情况还无法预测。两军似乎还在库吉斯平原上对峙，随时都有可能再次开战……”

“这次调停，七海联盟参与到什么程度呢？暂且是受联盟委托，卡塔他议会才会派我来见证停战协定的签订，但是具体情况还没有……”

“不，这就是全部了。”少校的回答很明确。

“咦？换句话说，这次调停是由联盟提议的吗？也就是说，难不成……”

那些名声显赫的大人物都会来到这里吗？

我所说的，就是享有“凭借伶牙俐齿和文韬武略，遏制历史的潮流”——此等盛名的特殊战略军师，即使在七海联盟这种派遣军遍布全世界、在籍将军多达上百名的庞大组织里，总人数也只有二十三名的战地调停士。

“是的……被派遣过来的，就一个人。”

“是、是怎么样的人呢？”我不禁又紧张起来。

“呃，这个嘛……”少校有些吞吞吐吐。

“也许你会觉得被冒犯，但请不要放在心上。应该没有多大的恶意。”

突然就听他说出莫名其妙的话来。

“什么意思？”

“那家伙只是有点……不，不得不说是相当古怪。他就是有个坏习惯，总是弄得别人不知如何是好，然后以此为乐。”

他的语气有些不知所措。过了一会儿，我才意识到，他说的是那名战地调停士。

“听你这样描述他，你们私底下认识吗？”

“嗯，很久以前就认识了，甚至有点太熟了。可以说是孽缘吧。”他苦笑着说，然后摇了摇头。

“但是，他的能力和才干都是货真价实的，作为调停士，更可以说是实力一流。或许性格是别扭和不讨喜，但是再也没有比他更忠实于‘调停士不应偏袒任何阵营，只应考虑如何结束战争’这一理念的人了。在这一点上你可以信任他。”

他最后的语气非常认真。

我感到很好奇，能让少校说出这种话来，这名调停士究竟是怎么样的人物呢？

与此同时，我们没有停下前进的脚步。不久，我和少校穿过罗米亚萨卢斯的一座小小的城门，进入了城里。

穿着陌生军装的女军人进了城，看似门卫的人却连看都不看这边一眼，仿佛完全没有戒备。

“这里没有七海联盟的派遣军吗？”

“对，只有我和调停士两个人。我们要借此表明这不是侵略，也不是强制。而且两边阵营的代表都还没有来，大概是打算坚持到最后一刻吧……估计还要等一个月左右才会来呢。”

“亚和平状态吗？不过，即便如此……”

街上安静得令人咋舌，甚至显得缺乏紧张感。

我感到有些不安。即使有龙守护，这座城市是否也过于疏忽了呢？在这种地方，真的能顺利地见证“停战协定的签订”这样的国家大事吗？

“少校，真的可以放心吗？”我在他耳边低语。

“不，说实话，我也有些担忧。”少校也一脸严肃。

“幸好这里有龙，要不然这样的地方，肯定会被各国的间谍尽情利用。”

“我……”

我本想表明自己没有这样的任务，但是从少校的角度考虑，或许对我有戒心也是理所当然吧。虽说这是没办法的事，但还是觉得有点失落。

就在这时，他突然说话了。

“卡塔他并没有参与这场战争。”

少校的语气异常干脆。

“咦？”我抬起头，看到他点了点头。

这无疑是充满诚意的、意味着信赖的颔首礼。

“谢、谢谢你！”

我的胸口又开始发烫了。和他说话的时候，我就会觉得少女时代的纯真心情又回来了。

“该道谢的是我们。有你在这里，我心里踏实多了。”

“那位调停士也像你这么想就好了。”

“是啊……不过，我觉得他是不会疏远你的。因为他对聪明的人基本上都有好感。”

又听到了莫名其妙的话。那名调停士究竟是怎么样的人物呢？

“在执行任务之前，可以先给我介绍一下吗？”

“嗯，当然。不如说，对方早就说过‘想见见你’了。”

“咦？这、这是为什么？”

“呃……这、这个嘛，等你见到他本人就知道了。”

少校的回答很含糊，我又开始不安起来。

作为本事件起因的那场战争，发生在距离这片土地很远的地方。事到如今，两边阵营都国力疲敝，当初开战的原因更是已经难以辨明。要说是某个矿场或是某个地方的所有权纠纷不断升级所致吧，最根本的原因又或许是长久以来的民族冲突，总而言之，目前就是无法冷静地指出原因所在的状态。

两边阵营都逐渐衰弱，自然就意味着会有想要坐收渔翁之利的第三方势力出来干预。

这次七海联盟之所以会如此多管闲事地充当停战协定的调停角色，恐怕是因为它要阻止其他势力“干预”此事，比如不希望某个国家借此势力范围扩张等。但是，这个理由肯定与开战两边的阵营本身几乎没有任何关系。否则，不等战局陷入泥潭，它就已经出手干预了。

七海联盟绝对没有多么高尚的情怀。这背后存在毫不遮掩的经济博弈，要求停战也不仅仅是出于人道主义精神。

七海联盟，又称无地帝国，是一个庞大的通商联盟。它的宗旨基本在于追求利润，主要业务是向全世界提供资金援助和寻求开发合作，因此这世上恐怕不会有一处地方与之无关。

即使在这个帝国中，战地调停士也处于独一无二的特权地位，总是被委以重任，就像传说中的勇者一样。虽然希斯罗少校也有一半这种感觉，但他毕竟是军人，不能代表七海联盟。所以这次工作终究要以调停士为主导，少校作为助手，而我就是在他们旁边见证的观众。

据说那名调停士在堡垒深处的一个房间里待命，现在正埋头于战况的调查资料，草拟关于调停条件的方案。

“那些资料都是少校亲自收集的吧？”

走在堡垒的回廊上，我向少校这样提问，他点了点头。我就知道是这样，毕竟那是要在战场上东奔西跑才能完成的工作。

“但我对于这种事态，只是单纯地感到恼火……要进行归纳总结还是得他来。”

“他是个很冷静的人吧。”

“可以说是过于冷静了……总之，等你见到就知道了。”

从刚才开始，我听到的都是这句话。最后，我们终于站在了话题人物所在房间的那扇门前。

“呜叽叽叽叽叽叽叽叽叽叽——”

就在这时，隔着这扇门，房间里突然响起了像是秘境里的怪鸟发出的临终怪声。

“嗷咕叽叽叽叽啊啊——”

怎么还拖着长音……

我不由得看了看少校。

“请问……”

但是少校丝毫不为所动，语气极其平静。

“请不要介意。这要么是找不到好的协定方案，要么就是找到了。”

“呃，原、原来那是人的声音吗？”

这就是刚才被形容为“过于冷静”的人吗？

“是的。反正估计也没有特别含义。”少校点点头。

“只不过是感情的表达方式有些极端而已，性格方面倒是……不太好说吧。”少校欲言又止。

我的心里有种很不好的预感。

“既然他在忙，就下次再……”

“不必，他知道我们在这里。现在不给他介绍的话，真不知道以后他会怎么抱怨。没关系，我们进去吧。”

说罢，少校连门都没敲就一下子推开了门。

“喂，马克威斯尔！我把利斯卡瑟上尉带来了！”少校的声音仿佛是在怒吼。

“啊？”

我好像听到从房间深处传来了呻吟的声音。

我战战兢兢地往里看，房间里文件堆积如山，呈现出既杂乱又随意的可怕情景。

桌子上同样堆积如山的褐色物体是什么呢？既然旁边有茶壶，可推断那就是泡过好几遍的雷米茶叶渣了。如果不是天天泡在茶里的喝法，茶叶渣应该不会堆成这样。

感觉房间的主人就是个吊儿郎当的家伙。不过，如果是那样，应该是天天泡在希基酒之类的酒里。

“请问……”我惴惴不安地走进房间。

话题人物似乎正躺在面向窗户的沙发上。

“啊？说什么呢？”

没好气的回答声响起的同时，声音的主人一下子从沙发上站了起来。

“啊！对了，对了！你确实说过莱泽女士会来这里！”然后，他把目光转向我。

该如何表达我当时的惊讶和困惑呢？

首先，出乎意料的是，这个男人并没有衣冠不整，反而衣着得体。头发不显油腻，没有头皮屑散落，发型也还算整齐，而且没有胡茬。他又高又瘦，看起来没怎么锻炼。既然是老朋友，他的年纪应该和少校差不多，只是显得更加孩子气。

是的，我没有感受到所谓“流氓”或“粗鲁”等特征。这个男人给我的印象是稚气未脱和平静沉稳。

不过，只有一点特别引人注目。

“初次见面，我是……”

刚要自报家门，男子就突然打断了我。

“不必，别浪费时间了。我知道你的名字，莱泽·利斯卡瑟女士。我把名字告诉你就足够了。我的名字是爱德华兹·希兹沃克斯·马克威斯尔，你可以叫我 ED（艾德）。请多关照。”

单方面地说完，他就要求和我握手。我一边回握他柔软的手，一边提出疑问。

“呃……请多关照。为什么你会知道我的名字？”

“因为希斯告诉我了。我还听说你是个非常聪明的人。”

“咦？”

我看向少校，他清了清嗓子。

“现、现在就先不说这事了。你不是有话要对利斯卡瑟上尉说吗？”

“倒也没什么。”

“你说什么？”

“啊，对了。不，好像不太好吧？莱泽女士，卡塔他是出于什么目的，把你这样的年轻女人单独送到这里来的呢？”

这个叫“ED”的人突然问了一个需要高超的外交技巧的问题。

见我一时语塞，ED 咧开嘴笑了。

“回答不了吗？”

他一边问，一边用食指敲了敲脸上的面具。

——没错，就是这张面具。明明这座城市没有欢度节日，外面也不在游行，这个男人却戴着贵族的舞会面具，把半张脸都藏了起来。

而且，这张面具还和他出奇地相配。只能认为是他日常生活中就习惯佩戴了。再说少校也没解释什么，估计他平时就是这种打扮吧。

说不定，就连亲王和军方高官出席的签订停战协定的重要会议，他也是蒙面参加。不，一定是这样。七海联盟的威望使得没有人敢说三道四。

一想到那样的情景，我不禁觉得有些好笑，但我现在要面对的是毫不留情的质问，只怕是笑不出来。

“这个问题是出于什么目的呢？”

“只是单纯的疑问。”

ED 轻轻地摊开双手。

见我默不作声，少校就开始打圆场。

“喂，马克威斯尔。我告诉过你很多次了，不是所有人都会配合你的节奏……”

但是，我举起手阻止了他。

“没关系。既然这是调停士的提问，我就明确回答吧。我的任务是协助停战，同时也拥有相应的权限。”

“嗯。”ED 点点头。

“我只身前来，是对方的要求。对方允许见证人的存在，但是不允许见证伴随任何形式的威胁或武力。”

“这个我知道，现在也确认过你知道了。”

“是吗？至于为什么是‘我’，是为了制造‘借口’。”

“这是什么意思呢？”

“一旦我遭遇不测，即使军衔只是特务上尉，‘年轻女人’的身份也足以帮助议会获得国民的支持并制造武力介入的借口。”我斩钉截铁地说。

下达给我的命令当然没有如此明言，但是除此之外，我就想不到别的理由了。

“哎呀哎呀……”ED 的语气里透露出赞赏。

“你的头脑确实很灵活，而且能够客观地看待自己，这样我就放心了。不过，你忽略了一件事。”

ED 有些遗憾地挥了挥手指。

“是什么事呢？”

“你忽略了‘自己是优秀的人才’这件至关重要的事。”

我以为 ED 在戏弄我，但是他却表现得非常认真。

“呃，谢谢……”

“不，我并不是在夸你。优秀，不一定就是好事。”

我开始不知道他在说什么了。

“那么，我的见解对你的工作有帮助吗？”

“嗯？不，卡塔他和谈判条件几乎没有关系，因此谈不上任何帮助。”

听了这干脆的回答，我不禁有些乏力。

“我说你这人啊！”

一直在旁边当听众的少校叫唤了起来。

“我不是说了，只是单纯的疑问吗？”

ED 耸了耸肩。

这时，堡垒里响起了报时的钟声。大概是下午的休息时间吧。

“哎呀，已经这个时间了。”

ED 看向窗外，确认太阳的角度。

“对了，莱泽女士，你愿意和我一起去见他吗？希斯当然也会来吧？”

“去干什么？你什么时候和谁约好了见面吗？”

“没约好。只是觉得差不多了，所以决定今天去见面。”

“要和谁见面呢？”

“当然是这片土地上最庞大的生物。”

我和少校面面相觑。

要说这片土地上最庞大的生物，那么答案就只有一个。

ED 点点头。

“没错，我们要去见龙。”

## 2

龙。

关于这种压倒性的生物诞生于世的时间，目前还是众说纷纭，没有定论。有的学者认为，龙是造物主的幸存者，从创世时就已经存在。有的学者则认为，龙是通过突变获得强大魔力的第一代变种生物。因为至今还没有发现龙交配或繁殖的事例，所以才会有第一代变种的观点吧。归根究底，龙死亡的事例同样也是未有听闻，所以世上有七条龙的说法仍在流传，龙的数量从未减少。人类创造魔法文明的时候，龙就已经存在于世上，数千年来一直在见证魔法文明世界里的人类争斗、繁荣和灭亡。

除了龙以外，还有其他使用魔力的生物。例如，拉赞萨的魔猫能够用视线束缚猎物的行动；很多鸟类都拥有用重力控制咒语的能力；与火焰咒语相仿，能够喷火的蜥蜴也并不罕见。

但是，龙却无法用这种维度来衡量。它们完全就是规格外的生物。

例如，人类还无法控制与台风匹敌的能量，也无法阻止大海啸。发生大地震的时候，城市只有崩塌的结局。旱灾会无情地夺走人民的食物。

但是，对于龙来说，只需使用一部分的通常能力，就能轻易地控制这些自然现象。例如，巨大的海啸被龙一分为二；十年没下过雨的地方，龙飞过之后，马上就下起雨来；在伤痛中挣扎、破坏着周边森林的陆鲸，被强风吸到空中，接着被丢进海里，最后受到致命一击……关于可能是龙在控制这些现象的行动报告不胜枚举，“绝非偶然”已经成为普遍的认识。

至于龙之所以是龙，最根本的理由是龙的认知能力和智力似乎凌驾于人类之上。它们能够自如地使用有史以来所有的人类语言，能够阐述难以想象的、就连贤者也会感到困惑的高等数学，诸如此类的故事简直数不胜数。

尽管拥有堪比神明的能力，不知为何，龙却没有充分利用这些能力，也没有成群结伴地将其他生物统统置于其支配之下。

它们独自栖息，很少活动，总是孤独地生活在秘境的沼泽底部或永久冰川的裂缝里等僻静的地方。

在这种情况下，栖息在罗米亚萨卢斯附近的洞穴里的那条龙，可谓相对接近外界了。

“所以，听说见过龙的人很多。比如在朝圣途中路过的人，还有跨越整个大陆只为一睹龙的风采的人。”

午后，人们都放下工作，在室外的长椅等地方歇息。ED走在这样的街上，用愉快的语气向我们进行说明。

“据说这个地方的人们会把刚出生的婴儿放进龙的嘴里，以此祈求平安。这里的龙与人很亲近啊。”

他漫不经心地大声说着。

我和少校跟在他身后，互相瞥了对方一眼，表情有些尴尬。相比之下，ED 简直是毫无顾忌。

“我早就想看看龙了，它肯定是庞大无比吧。据说龙的头脑非常聪明，不知道它活在世上都在思考什么呢？”

ED 就是这样毫不避讳地滔滔不绝。

但是，从刚才开始，街上的人们就一直带着可怕的表情，狠狠地盯着我们。

仔细想想，这里的人们一直在龙的庇护下，与严峻的外部世界隔绝，过着安稳的生活，所以都对龙怀有敬意，或者说是信仰吧。在这种环境下，听到有人居然用这种轻浮的语气谈论龙的话题，多半会觉得不愉快吧？

据说在这里进行战争调停，七海联盟需要支付一大笔钱，但如果这里的人们为此发起怒来，表示即使答应了请求，也没有理由遭受侮辱，结果就得不偿失了。

“呃，调停士先生……”

我有些胆怯地搭话，接着就听到了他干脆的声音。

“请叫我 ED。”

“喂，马克威斯尔。”

这次轮到少校开口了，他的声音有些强硬。

“为什么一定要去见龙呢？龙本来就讨厌人类之间的争斗，如果我们去见它，说不定它会发怒，认为人类在做傻事，那样就无法挽回了。”

“所以才要事先告知呀。我们要告诉它，接下来会有一些杀气腾腾的家伙聚集到这个地方，但是这样做是为了让他们停止争斗。”

“是这个道理……不过，我一个人去不就行了吗？你没有必要一起去吧？”

“听你的语气，好像是不想让我去见龙。”

“说白了，我就是不想让你们见面。”

“这么说来，我记得……对了，之前听你说过，你去调查诺金多尔克的时候见过龙。你觉得很可怕吗？”

“当然很可怕呀。所以我才不想让你见到龙，天知道你会说出什么失礼的话来。”

“我还是很有常识的。再说，希斯，龙不会拘泥于‘蒙面是否不合礼节’这种无聊的事吧？”

“的确不会拘泥于这种事，但是我对你和‘常识’一词的关系有着深刻的怀疑。”

“啊哈哈哈，我好像让你过得很辛苦啊。”

“不是‘好像’，事实就是这样！”

如果放任不管，这两个人的对口相声似乎会持续下去，所以我有些胆怯地插嘴道："呃，那为什么我要……"

"这也是向龙表明意图，让它知道我们还有来自第三者的冷静视点。有劳你走一趟了。"

"不，这倒是没关系……"

在街上行人犀利的目光中，我们来到了执勤点，这里的管理员会给我们发放前往龙所栖息的洞穴的通行证。

执勤点是一所医院，管理员还兼任医生，或者说，他的本职就是医生。这里的人口不多，所以重要的工作可能都是由几个要员来兼任。

"啊？你想见龙王大人？"

正在起居室里喝着玛黛酒、一脸疲惫的管理员，露出了明显不情愿的表情。

"等会儿再说吧，我现在很忙。有个婴儿被严重烧伤了，我正忙着治疗呢。"

"真是不好意思。我们只需要你的许可，不需要你同行。"

ED毫不退让。

"我已经告诉你了，'等会儿再说'。你不会让我对患者见死不救吧？"

"所以，只要请你提供许可就行了。如果你答应了，我们不会吝惜向那位患者提供治疗补助，请立刻提供许可。"

“喂，马克威斯尔。”

少校从后面拽了拽 ED 的衣角。

“他正在忙呢，反正我们又不着急。”

“正因为他很忙，所以才应该在他休息的时候把要事谈完啊。”ED 盯着管理员手上的杯子说。

既然他在喝酒，那么治疗确实是告一段落了吧。

“真没办法……说好了，我去不了，你们就自己去吧。即使你们惹恼了龙王大人，被杀了，也不关我的事。”

“我们早就做好心理准备了。”

听他说得轻描淡写，我和少校再次面面相觑。我们什么时候做好了心理准备？

我们支付不菲的金额，购买了暂时解除洞穴前的魔法结界的咒符，然后动身前往龙栖息的地方。

“哎呀，真让人期待啊！”

看着 ED 没心没肺的欢闹背影，我叹了一口气。当时的我，是否已经预测到了之后的事态呢？

不，当时的我只是有一种不着边际的感觉，因为要见龙而感到莫名的不安和些许的恐惧，又因为和少校同行而感到安心。但是，在这个时间节点，事件早就已经发生，我和少校也即将与这名蒙面男子——爱德华兹·希兹沃克斯·马克威斯尔，一同展开奇妙的冒险旅程。

# 3

水滴在黑暗之中滴落。

洞穴应该足够宽敞，但是占据这个空间的主人本身拥有非常庞大的体型，所以会让人产生狭窄的印象。尽管是在黑暗之中，对于这儿的主人来说，黑暗和光明似乎也无甚区别，但对我们而言，我们完全没有准备对付黑暗的方法。这里有岩盘状的壁面、地板和天花板，都被挖成相同的模样。

在黑暗的寂静深处，洞穴的主人纹丝不动。它看上去就像是直接镌刻在这个地方的雕塑。

天花板上凝结的水滴再次滴落。

但是主人没有动弹，时间就这样过去了。不久，有几道气息从远处缓缓接近。

*

这里与其说是洞穴，不如说是凹凸不平的岩山中，一处恰好凹陷进去的地方。不过，如果仔细看的话，这个凹陷处确实看不到底，一直延伸到深处的空间。

“结界会延伸到哪里呢？”

ED从旁边看向少校手中的咒符，轻声嘟囔着。

不知为何，咒符表面的文字泛着青白色的光，大概是因为咒符在运作吧。但是，风景完全没有变化，所以旁人根本看不出是否真的有结界。这个结界有什么效果呢？如果同行之中有受过训练的魔导师，也许就会明白了……

我问少校，他回复道："我明白的也不多，不过所谓的魔法，其实就是精灵或诅咒那类，在不同的地域被冠以不同名字，利用'不可视之物'并从中提取力量的行为，所以即使看不到，感觉不到，也是不无道理。但是现在这种情况，我就有些纳闷了。大概是只对人类产生反应，阻止其侵入的结界吧。从咒符的样式来看，强度肯定是等同于兵器了。"

"绝对无法进入吗？"

"因为结界就是这样的东西。如果试图进入，热气或冷气就会发动攻击并杀死入侵者。如果对此制定相应的对策，结界本身就会爆炸，因此不可能偷偷潜入。"

"看来这才是真正的目的。对于罗米亚萨卢斯人来说，设置的警报与其说是防止任何人进入，不如说是为防止他人擅自进入。"

听到我这样说，少校点了点头。

"你的见解应该是正确的……结界好像已经被咒符完全中和了，我们马上进去看看吧。"

"真让人兴奋啊。"

ED揉搓着双手。

“听好了，我一定要事先提醒你……”

“知道了，我不会忘记礼貌的。”

“我倒不是责怪你的措辞……我是说，龙不喜欢谦卑的人，所以表现得太过恭敬，只会适得其反。”

“哎呀，我会处理得当啦。老实说话就行了吧？”

“是从现在开始就这样做。龙应该早就察觉到我们的存在了。”

“是这样的吗？”

我不由得叫出声来。但是仔细想想，龙拥有人类无法比拟的能力，不可能没有注意到人类设置在洞穴入口的结界的开闭。而且，对于龙来说，这个结界根本就不算什么。我正想着，少校似乎看穿了我的想法，点了点头。

“如果有东西可以随意进出结界的话，那就只有龙自己了。”

“结界对龙不起作用吗？嘿，原来龙不是被封印在这里呀。”

“封印一条龙，对于世上的任何东西来说都是不可能办到的。龙在这里，只是出于它自身的意志。”

“少校，以前见到其他龙的时候，你是独自一人吗？”

“嗯，当时我正在执行任务。”

“你真有勇气啊……”

“不，没什么。”

“不不不，希斯有时候真的就像个傻瓜一样，特别有胆量。”

“在我听来，你好像是在说我迟钝。”

“嗯，也有这个意思。”

“我说你啊……”

我们没有过于紧张，在这样的对话之中，向着洞穴深处前进。虽然漆黑一片，但是咒符发出的青白色光芒照亮了周围，我们可以看清彼此的身影和脚边。

洞穴本身非常宽敞，壁面和天花板离得很远，看不清楚，但是可以判断出，那些只是普通的岩面。

一直以来，龙都独自栖息在这里吗？

在我看来，这真是极其寂寞的一生。龙为什么会喜欢栖息在这种地方呢？明明拥有足以摧毁世界的力量，却为什么要躲在一片黑暗之中呢？

我们在黑暗中前进。

“然而，实际问题是，那片土地从过去就不属于任何一方。”

“可是，双方就是在较劲……就算让双方各退一步，他们也不会听吧？”

“是啊。”

少校和ED还在继续交谈，我却沉默不语，思考着龙孤独的理由。

其间，我们的脚步自然而然地变得缓慢，最后停了下来。

因为即使在昏暗之中，我们也能清楚地看到，洞穴已经变大了一圈，仿佛是从内部不断地扩张开来——

——不是仿佛，而是事实如此。

我咽了一下唾沫。

在我们的前方，一个庞大而沉重的影子，在黑暗之中隐约可见。

“终于到了……”

少校低声说着，独自向前迈了一步。我本想跟上去，但是少校背对着我们，轻轻地做了一个制止的手势，我便停下脚步。少校大概是打算自己先去拜访，这确实是他的风格，所以我决定听从他的安排。

我瞥了一眼 ED，他的眼睛被面具遮住了，看不清楚神情。只是不知为何，我看到他耷拉着嘴角。

他似乎在沉思。我当然不知道他在想什么。

我的目光回到龙和少校身上。

他首先向龙说明我们的身份，但没有打招呼。原来如此，龙并不需要礼节性问候，少校不愧是有经验的人。龙完全没有反应，它的气息也没有任何变化，看来没有发怒。我暗暗地舒了一口气。

对于龙的沉默，少校毫不在意，仍旧滔滔不绝。后来他才告诉我，即使我们去问龙有什么想法，也是无济于事。

“龙的认知能力高于人类，这意味着它们的判断标准与我们不同。要求龙去解释它们的判断理由，就好比是向儿童解释如何生小孩，是一项麻烦透顶的工作。我们无法强迫对方，因为就立场而言，对方才是绝对优势。”

当时的我还不明白这一点，只是有些着迷地看着少校，觉得他真是气宇轩昂、毫不胆怯。

与此同时，ED仍旧耷拉着嘴角，一言不发。

刚才还闹着性子，嚷嚷着“想见龙”，现在却安静得出奇。我正要对他刮目相看，觉得他在这方面相当明白事理，他偏偏就在这时候原形毕露了。

“所以，我们无意侵害这片土地的状态，也无意强行改变……”

“唉！”

少校还在说话，ED却突然发出了一声明显的叹息，然后迈开脚步向前走。

“咦？”

当我手足无措地愣在原地的时候，ED飞快地向前走，从少校身边经过，直接走到了龙的身边。

但是，龙纹丝不动。

更加让人难以置信的是，这名蒙面男子见龙没有反应，竟然站到它的面前，开始用手掌轻轻地抚摸它的鼻尖。

“啊！”

我不由得叫出声来。

ED毫不在意，继续在龙的头部到处抚摸。

“喂，马克威斯尔！”

少校冲上去。

“不、不要无礼！”

他愤怒地抓住ED的肩膀。然而，ED的反应却出乎意料。

“无礼的是你！”

他反而生气了。这绝不是出于任性的愤怒，而是立足于公义的愤怒。

“呼……”

我们正感到茫然时，就听到ED发出了一声疲惫的叹息。他平静地伸出手，用指尖触摸龙巨大的眼球。

我们恐惧地缩起身子，但是龙对ED的行为毫无反应。

它只是待在那里，纹丝不动——

“啊……”

这时，我和少校终于想到了“某种可能性”。

但、但是，这怎么可能呢……

“喂……不、不会吧？”少校的声音也在颤抖。

“嗯，龙死了。”ED点点头，平静地宣告。

“而且，不仅如此。”

说着，ED绕到龙后脑勺的位置，我们也跟了上去。这时候，我们才发现脚边有些黑乎乎的痕迹。就像是某种有色液体流下来，干涸之后留下的痕迹，应该是……

看到我和少校屏住呼吸，ED又叹了一口气。

“没想到会到这种地步吧？我也没想到。”

他向我们示意的地方有一根发黑的金属棍棒，看着也像桩子，不知道是不是锻铁。

在龙的头部和颈部之间，相当于人类延髓的部位，插着这样一根东西。毫无疑问，就是这根桩子，刺穿了龙至关重要的器官。

“这究竟是怎么回事……”

少校发出惊愕的疑问，我也深有同感。

拥有凌驾于大海啸和台风之上的神力，即使面对一国的军队也视若无物，绝对无敌的龙竟然……

“被杀害了。地点是几千年来龙支配的势力范围之内，死因恐怕是简单明了的‘刺伤’。”

ED的声音显得嘶哑又低沉。

## 4

“真是给我惹了个大麻烦啊……”

罗米亚萨卢斯的头领——一名年迈的魔导师，藏在他那深皱纹、蓄了许久的白发和白胡须后面，用贼风般微弱的声音对我们说道。

“不是我们造成的。”

少校反驳道，他的声音有气无力。

“到目前为止，还没有人打破过结界……换句话说，你们的嫌疑最大。”

把咒符交给我们的医生瞪着我们说。

在举行城市议会的各种会议的昏暗大厅里，我们三人被罗米亚萨卢斯的要员们团团围住，接受他们的诘问。

“我们没有行凶的理由！要是龙死了，陷入困境的是我们啊！”

我拼命辩解，结果适得其反，所有要员都将可怕的目光刺向我。是啊，要是龙死了，最困扰的是这座城市的人们，城市的独立性是有赖于龙的存在才得以实现，失去了这个绝对的基础，接下来他们该怎么办呢？

但是，我们也同样手足无措。

“对、对于战争调停而言，这个地方和龙的存在是绝对必要的！我们又怎么可能做出这种自杀行为呢！”

“你是卡塔他的代表吧？你们和战争没有关系吧？”

一名议员尖刻地追问道，我不禁屏住呼吸。

这时，少校发话了。

“利斯卡瑟上尉是应七海联盟的正式邀请而来。她是在尽职尽责，担负起这项使命。”

少校说得斩钉截铁。于是，要员们追究的对象也从我变成了他。

“七海联盟到底打算怎么承担这个责任呢？”

“该不会要声称你们与此事无关吧？毕竟是你们选择在这里进行战争调停，我相信其他国家也不会宽恕这次的丑闻吧？”

“即使是七海联盟，如果被多国设下通商禁令，恐怕也束手无策吧？”

这帮要员越说越激动。

“我们当然不会放任不管！”少校没有示弱，大声说道，“这件事，就由我来负责处理！”

“负责？你打算怎么负责？”

“从现在开始……”

“从现在开始？战争调停不是要在一个月之后进行吗？即使是大名鼎鼎的风之骑士，在这一个月里又能做什么呢？”

听了这样的话，少校也一时语塞。

我感到胸口一阵疼痛。少校因为袒护我，所以才会被围攻到这种地步。我必须想办法、想办法——

“那、那是……”

正当我准备开口的时候，一直默不作声的ED突然发话了。

“把凶手抓起来，然后告诉全世界，是这家伙不好，接着就由七海联盟向各国呼吁，把这个地方的通商基础——独立运营权委托给城市议会，这样不就好了？”

他的语调有些吊儿郎当，但是也非常坚决，没有一丝犹豫。

所有人，包括我和少校，同时看向这名蒙面男子。

“你说什么？”作为头领的魔导师代表全体要员再次提问。

“这样一来，你们就没意见了吧？”ED回答着，显得一点也不在乎。

“你刚才说‘凶手’？”

“你知道是谁干的吗？”

面对这帮要员的质问，ED咧嘴一笑。

“咦，听你们的语气，这不是知道我们不是凶手吗？”

他无畏地断言道。

所有人都陷入了沉默。但是，我能感觉出这股沉默并不是因为他们被ED驳倒了，而是因为他们在强忍怒火，所以我有些着急了。

“是、是啊！关键是凶手。虽然不知道是谁，但是肯定有人杀害了龙！我们必须尽快查明这件事！”

我慌忙出言补救。不过，这次又栽了跟头。

要员们又用可怕的眼神瞪着我。

“你的意思是，就凭你们，能够查明杀龙凶手吗？”

对方用寒冷彻骨的声音，缓缓地问道。

我哑口无言。明知这种时候不能沉默，我却无法立刻接上话头。

是啊，虽然不知道凶手到底是怎么杀死一条龙的，但是他难道没有拥有凌驾于龙之上的力量吗？以这种人为对手，我们真的能“查明真相”吗？

但是，ED再次干脆地断言：“我就是这么说的。”

他的语气实在太过干脆，以至于人们觉得他在开玩笑。

“你是说，做得到吗？战地调停士？”

“你到底打算抓什么来啊？”

“当然是‘凶手’啊。”

ED的口吻，完全不是在装模作样。

但是，这名蒙面男子的口吻，该怎么说呢？似乎有点可疑。想到这里，我才恍然大悟。

没错，这个男人是战地调停士。他的特殊才能可不就是伶牙俐齿和高明手腕吗？哪怕对战双方是毫无共通点的千年仇敌，也要肩负起责任让他们握手言和。这样的人要“缉拿凶手”，也就是说——

难道是……打算捏造事实吗？

在我眼里，现在的ED就像个豁出去的骗子。而这种感觉似乎也传达给了罗米亚萨卢斯议会的要员们，总觉得他们看ED的眼神变了，就像在看某种可疑的东西——正因如此，现在他们的视线里似乎还夹杂着一丝安心感。

“喂，马克威斯尔……”

少校的语气带着困惑，与之前的坚定态度稍有不同。他刚开口，就被罗米亚萨卢斯议会的要员们打断了。

“原来如此，你们要缉拿‘凶手’。可是，战地调停士，你已经有头绪了吗？”

听这执拗的口吻，对方已经认定了这是一场政治交易。

“没有，所以我想要一些信息。我想知道，最近一年里都有哪些人和龙见过面。你们肯定有相关记录吧？毕竟管理得那么严格嘛。”

“当然。最近一年里共有六人见过龙，但他们的住处分散在全世界，你是打算逐一调查吗？”

“当然是这么打算的。”

“期限是三十天左右，你确定能查明真相吗？”

“恐怕是一场强行军的旅行了，必须抓紧准备。”

ED说得很干脆，我差点就听漏了。

他说什么？“旅行”？这名蒙面男子，难道……

“旅行？也就是说……你打算直接去见他们吗？”

听了对方的疑问，ED点点头。

“我刚才就是这么说的。”

“可是……你是七海联盟的人吧？既然你的伙伴遍布全世界，那么让其他人去调查不就行了吗？”

“这样一来，这个秘密就极有可能泄露出去。在解决这件事之前，所有行动都必须在秘密的情况下进行。因此，这两个人当然也要和我同行。”

说着，ED看向我和少校。

事情发生得太过突然，我不由得眨巴着眼睛，少校倒好像已经预想到ED会来这一出，露出了苦闷的表情。

“少校同行我可以理解，但是卡塔他的代表是怎么回事？”

“正因为是卡塔他的代表，说得难听点，所以不能完全信任。只要让她一起行动，她不就没有闲暇去泄露秘密了吗？”

ED对我耸了耸肩。听了他的这番话，我不知道该如何反应。我向少校投去求助的目光，只见他轻轻地点了点头，说：“拜托你了……”

他的态度非常认真。从他的表情里，我既没有看到敌意，也没有看到疏远之意。在我看来，这是超越七海联盟的政治立场，由希斯罗・克里斯托夫本人，向莱泽・利斯卡瑟个人提出的请求。

我想，虽然 ED 不可信，但是这个人是可信的。

“知道了，我和你们一起去。”

我坚定地说。罗米亚萨卢斯的头领随即“哼”了一声。

“好吧……如果去趟旅行就能缉拿‘凶手’的话，那就随你们的便。不过，战地调停士，其他两人暂且不论，你必须保证自己不会在途中逃跑吧？”

“那是当然了。”

ED 一本正经地说。

“我会让你赌上性命的。”

头领露出阴险的笑容，向他伸出了枯木般的手。

## 5

晴空万里，让人惊叹的好天气。

天空之下是辽阔的荒野。红褐色的土地上，只是生长着一些干枯的植物，目之所及，几乎都是别无二致的景观。

然而，在这种地势平坦、任何人都无法隐藏身姿的地方，有人正藏在地面的一小块凹陷里，暗中观察在荒野上行进的三匹马和骑在马背上的三名男女。

三人骑马飞奔着，似乎在进行交谈。不过，他们并没有注意到某人的存在。这不仅是因为那人完全隔绝了气息，更关键的是，他们根本没有想到竟然会有人潜伏在这种地方。

那两个人就是传闻中的战地调停士，以及备受关注的精英“风之骑士”希斯罗·克里斯托夫少校吧。不会有错的，但是……

他把目光转向剩下的那个女人。

那是谁呢？据说卡塔他也会派代表来……竟然是那么年轻的女人吗？而且，如果是那样的话，为什么这帮家伙要离开罗米亚萨卢斯呢？

他仔细地观察着三人组。

然而，他究竟是从何时开始待在这里的呢？他的周围完全没有类似脚印的痕迹，似乎在这里连续待了好几天。在这期间，他的饮食和排泄是怎么处理的呢？最重要的是，他有水喝吗？

不过，他没有表现出丝毫的憔悴和疲惫，只是将目光完全聚焦在远处的三人身上，并观察他们的嘴唇。

究竟在说什么……

他似乎懂得读唇。蒙面男子说话的声音特别大，嘴唇的动作非常明显，不费功夫就能理解他在说什么。

“先整理问题吧”“目的是次要”“手法才是关键”……好像是发

生了事件。他们离开这里，就是为了去解决问题吗？究竟是怎么样的问题呢？

他继续观察，然后惊讶地瞪大了眼睛。

什、什么？那家伙究竟在说什么？确实是这么说的……这到底是什么玩笑？他刚才确实说“龙被杀了”？

没有多余的时间休整，在发现龙尸体后的短短四个小时内，我们就骑着议会安排的马匹，从罗米亚萨卢斯出发了。

“哎呀，一直都是骑调整过的装甲马，好久没骑过别的马了，果然还是会摇晃啊！”

ED表现得兴高采烈，就像无事发生似的。

我和少校却愁眉苦脸，只是策马前进。

不管怎么说，骑马往东走两个小时左右，就会到达主干道，那里配备着各种交通工具。这次旅行很急迫，所以我们一定要搭乘最早的航班。

虽然天空万里无云，但是太阳已经明显向西边倾斜。再磨磨蹭蹭的话，太阳就要下山了。

然而，ED似乎完全体会不到这种焦虑。

“让我们先整理问题吧。思考一下，如何才能杀死一条龙？”

他就这样向我和少校搭话，显得无忧无虑。

“如果思考就有答案的话……”

少校用阴沉的声音回答。

“根本无法想象要怎么做。比起行凶手法，不如想想凶手为什么要杀龙，这样不是更快吗？”

他轻声嘟囔着，ED 却对此做出了明确的回应。

“目的是次要的。在这种情况下，行凶手法才是关键。如何才能杀死龙呢？肯定有某种途径使得杀龙成为可能。只要弄清楚这一点，这桩命案就算解决了。”

“那也得有办法弄清楚才行。我们不是毫无头绪吗？死去的可是一条龙，谁会想到它就像在后街小巷里打架的醉汉，最后被随意丢在地上的铁棍给捅了呢？要怎么做才能造成那样的死亡呀？”

说到一半，少校的身体轻轻地颤抖起来。

我想起了刚发现龙尸体时的情景。

“怎么可能！”

在洞穴的黑暗之中，当少校得知龙已经死去的时候，他立刻惊叫出声。

“这、这怎么可能！这一定是诡计！”

他绕着龙的尸体，毫无意义地跑来跑去。我当时以为少校陷入了精神错乱的状态，后来才知道他是在确认周边是否设下了某种陷阱，以及眼前的景象是否出于幻觉。据说如果是幻觉，奔跑后心跳加快的感觉会与平时略有不同。

然而，这就是毋庸置疑的现实，周边也没有设置过陷阱的任何迹象，少校失望地垂下肩膀。

“太难以置信了……这到底是怎么回事……”

我只是呆立在原地。少校至少还能表达自己的难以置信，我却连这点余裕都没有。眼前的状况完全超出了理解的范畴。

我茫然地环顾着四周的黑暗。除了我们，当然没有其他人的动静。我们所处的洞穴，四面都被岩山延伸而来的坚硬岩盘所覆盖。而且，因为有结界，所以其他人都无法进入这里。

换句话说，这不就是完美的密室吗？——我思考着这种偏离焦点的鬼问题。不可能入侵、不可能实施的凶案……

在这期间，只有 ED 贴近龙的尸体，进行各种观察。

“似乎没有其他外伤……看来，它的死因只能是插在脖子上的铁棍。要不然就是由于生病或其他某种原因而死，这样或许就和铁棍无关了，但是……”

在 ED 陷入沉思的片刻，少校走到了 ED 面前。看来他是从沮丧中振作起来了，我也猛然回过神来。

然后，我们也看到了 ED 刚才观察的东西。在排列紧密的龙鳞上，只有一片鳞片略微竖立起来，在这鳞片形成的细小空隙里，恰到好处地插着一根铁棍，贴合得不留一丝缝隙。铁棍的粗细程度和女性的手腕差不多，露在外面的长度约为其粗细程度的四倍。从这根铁棍感觉不到多大的威力。铁棍的末端很平整，显然是经过人为的加工。

“这是什么……难道说，就是瞄准这点空隙，然后把铁棍捅进去了吗？”

少校发出颤抖的声音。

“龙的鳞片非常坚硬，在下面支撑的肌肉也非常强韧……再怎么用尽全力，只凭一根铁棍是不可能捅进去的。如果那样做，铁棍本身应该会先折断，所以……所以再怎么说，这种事情……”

“这根东西好像是锻铁，是经过锻打的坚固的熟铁，可能是铁枪之类的。”

ED 静静地观察着。

少校突然将手中的通行咒符按在铁棍上，但是无事发生。

“对咒符没有反应……这根铁棍本身没有被施过魔法的痕迹……只是普通的金属棍棒。”

这是结界咒符，如果铁棍被施了某种魔法，咒符就会产生反应，放出光芒。然而，现在咒符没有任何反应。

“能拔出来吗？”ED 突然说道。

“咦？”

“希斯，这太过分了，你能把这根铁棍拔出来吗？”

话音刚落，少校立刻握住铁棍，使劲拔了起来。但是，铁棍纹丝不动。

“不行……铁棍牢牢地咬进肉里，被固定住了。大概是铁棍捅进去之后，龙的超级生命力使得细胞复原，伤口愈合。但是，只有要害部位无法复原，所以……”

“所以就死了吗？看来这就是死因了，确实是他杀无误。”

ED 抱着手臂，低声叹道。

“龙的魔力强大无比，用魔法是绝对杀不了它的。因此，只有用这种物理方法才能杀死它，是这样吗？”

“太荒谬了！”

少校怒吼道。

“那是一条龙啊！不可能这么轻易就被杀死！”

少校开始较真了。这么说来，他的确说过，以前见过其他的龙……当时的体验和现在的状况应该完全不一致吧。

他的世界观完全被颠覆了，根本不合常理——就是这种感觉吧。

现在即使是踏上旅途了，这种焦躁感好像仍然在持续。

马匹在荒野上前进的时候，少校在马背上颤抖着，硬挤出压抑的声音。

“我甚至不知道该如何思考了……”

“但是，现在龙已经被杀死了。这是不会改变的事实，希斯。”

“我知道……我心里是知道的……”

他似乎很尊敬一生孤傲的龙。如今却有一条龙被残忍地杀害，这让他受到了打击吧。

我实在看不下去，忍不住插嘴道："但、但是，问题是如何处理'凶手'吧？比起龙是如何被杀死的谜团，'凶手'的问题该怎么办呢？"

是的，我们对罗米亚萨卢斯的承诺，只是把"凶手"公之于世。查明行凶手法，不在对方要求的条件之内，而且我们也有刻不容缓的理由。

我以为自己的发言切中了要害，没想到ED听了我的话，却带着嘲弄的口吻说道："嗯，'凶手'的问题等解开谜团之后再说。"

"咦？"

我愣住了。

我骑的马停了下来。少校和ED也跟着我拉住了缰绳。

"没必要用这种口吻说话吧？利斯卡瑟上尉是担心你才这么说的。"

少校向ED抱怨着，只是他的语气听起来毫不意外。

"呃，请问……"

我不禁觉得自己被这两个人排挤了。我们双方的观点似乎有决定性的偏差。

"其实你这么想也不无道理……但是，这家伙一直以来就是这样的。"

少校向我点了点头，然后斜眼瞪着ED，开始解释。

"当这家伙用那种不正经、好像有所隐瞒的腔调说话的时候，对方都会怀疑他在策划阴谋，但实际上，他从来不会在那种时候说谎。

他是认真的。”

“嗯？”

“当对方问他‘是否真的能查明杀龙凶手’的时候，他不是给出了肯定的回答，说自己‘就是这么打算的’吗？那句话，毫无疑问，千真万确，就是他真的打算这么做的意思。”

少校那夹杂着叹息的话语，让我的大脑一片空白。

“可、可是……那种……”

“我没骗你吧？”

ED的语气就像是在揣着明白装糊涂。这种态度完全没有可信性，但是……

“就是这样的家伙。”

少校又叹了口气。

但是……但是，在这种情况下，最为关键的问题，恰恰就是——

“可、可是——可是，代价是你的生命啊！”

我看着ED的右手背，还有刻在那上面的鲜红的“死亡纹章”，忍不住大声喊叫起来。

我的叫声徒劳地沉没于荒野，没有任何回音就消失了。

一时间，只有寂静在蔓延。

“总之，继续前进吧，停在这里也没用。”

ED自顾自地策马飞奔起来。

我甚至还没找到机会捂上嘴巴，几乎只能目送他的背影。

“利斯卡瑟上尉，我们走吧。”

少校像是在安慰我，多亏了他，我总算恢复了平静。

“他、他究竟是什么人啊？”

“他就是那样的家伙。以前，发生了一些事……导致他不怎么重视自己的生命。但是，我是不会让他被杀死的。无论事件的结果如何，对于今后的世界来说，他是必不可少的人才。”

少校坚定地说。或许在过去，他已经说过很多次这样的话了。

“为了结束这场战争，我们也必须让他活下来。”

“是、是啊……对不起，我真是……”

我正要为自己的狭隘感到羞愧，少校却突然大声叫了起来。

“不，没什么好道歉的！怎么想都是那家伙不好！”说着，他向我眨了眨眼。

我不禁笑了起来。

“那么，赶紧追上去吧。”

“好的！”

少校和我策马扬鞭，开始追赶已经先一步离开的ED。

事后回想起来，我们的关系一直就是这样。ED一个人无所顾忌地冲在前面，光是要追赶他，我和少校就已经竭尽全力。所以，当时的我还不知道，爱德华兹·希兹沃克斯·马克威斯尔有多么厌恶和憎恨这次事件的“凶手”，他又是出于什么理由要戴着面具。

# 第二章　公主与骑士

a case of dragonslayer

# 1

月紫公主对日常生活感到厌烦。

“唉，日子这般无聊，怎么就没有半点趣事呢……”

今天，她也一边抱怨着，一边在被她独占为居室的塔楼顶层的床铺上躺卧着，哗啦啦地翻着书本。

这本书她是很喜欢的，但毕竟已经读过几十遍，实在是缺乏新鲜感了。

“人的思想本身并没有任何意义。如果要说有意义的话，意义就在于思考为何思想和世界会不一致……”

书里这些叫人似懂非懂的内容，是用异国他乡的语言——拿萨斯语写成的，她几乎没有细读。她关注的，是写在主要内容旁边的那些莫名其妙的符号。

这是一本关于界面干涉学的学术图书。所谓界面干涉学，就是针对在某处遗迹或深山里（她对此了解不多）发现的不明物体进行研究并探寻其由来的一门学问，与探求文明过往的考古学不可同日而语。虽然两者很相似，但是界面干涉学还得从弄清楚自己的调查对象是什么东西开始，相比起来就更加虚无缥缈。

这本书，正是对已发现的不明物体，或许还包括书籍在内的东西进行研究和翻译的成果。因此书的装帧很单调，插图都是讲究实用性的研究图解，没有乐趣可言。不过，这本书原本就没有在市面上流通。她的叔父为了打发时间，半玩票性质地做着这方面的研究，半年前叔父去世时，这本书就作为遗物到了她手里。她对那个好色的叔父谈不上喜欢或讨厌，但是这本书她确实很喜欢。

这些不明符号的罗列，就像把魔导师念出的咒语原封不动地变成了文字，看着它们，她的心里就会涌起一股奇妙的安宁感。这些符号显然有着某种意义，但是人类只能对此进行解释，而不能真正地掌握它们的意义——她就是被这点吸引。

她也不知道是为什么。倒不如说，她——月紫公主的性格，本来就不愿去深究这些事情。

她仔细地看着这些符号——这些确实很有乐趣，即便如此，她还是忍不住说出了总是挂在嘴边的那句抱怨。

“唉，太无聊了。反正就没有半点稀奇事……”就在她漫不经心地望向塔外的时候，“嗯？”

在城堡的庭院里，王室亲卫队正杀气腾腾地准备出动。他们全副武装，排成整齐的队伍。

“嗯？嗯？”

看到这样的阵势，公主两眼放光，立刻转身跑出了居室。

她跑下楼梯，冲进负责她的警卫工作的山岸卫士长的办公室。

办公室里除了山岸，还有他属下的各队长。他们显然正在开作战会议。

“山岸！还有你们！庭院里究竟所为何事？”

看到公主脸上的好奇，他们的表情仿佛都在说“怎么偏偏就露馅了”。

“呃……公主殿下，其实没什么大不了的……”

一名卫兵想要插嘴解释，但是公主根本听不进去，只是继续向山岸追问。

“真君陛下的诞辰庆典就在明日，但我觉着卫兵们穿的可不是演习装备吧？究竟发生了何事？”

公主的个性就是如此直率，这也是他们亲卫队敬爱她的地方，只是在这种情况下，就不太合适了。

“嗯，我们接到了出动的命令。”山岸诚实地说。

大概是觉得事到如今，再说什么都没有用了。

“可是妾身[1]不知道这事啊？你们不是妾身的警卫队吗？”公主语气不善地说。

“这是真拟利根将军的命令。”山岸老老实实地回答。

“嗯，我就知道。那么，他是命令你们做什么了？难道连这事也需保密吗？”

1 日语环境中，“妾身”多为古代公主、武家女性等所使用的一种高贵的自称。——译者注

“不，将军要求不能太公开——”

“呵……你是说，妾身不值得信任吗？”

“不，绝对不是。”

“哎呀，这可不能置若罔闻。你们作为警卫队的成员，却连自己该保护的主人都不信任，那么妾身也得有所考虑了……”

公主轻笑着环视四周，所有人都露出了尴尬的表情。接着，她好像突然想到什么，表情也随之变得严肃起来。

“难不成，这是你们无法解决的严重事态吗？是摄政将军在强迫你们吗？若是如此，妾身这就去与他交涉，让他取消这个命令。”

公主如此体贴，以至于其中一名卫兵不小心吐露了真相。

“不，好像也不一定。不过，对手是大名鼎鼎的‘风之骑士’，以防万一……”话没说完，他就意识到自己多言了。

因为公主的脸上，再次写满了旺盛的好奇心。

“‘风之骑士’？你说的是传说中的勇者——希斯罗·克里斯托夫吗？他竟到这里来了？”

糟了！捂住嘴巴也为时已晚，他们完全中计了。

真是拿这位公主没办法……

山岸有些为难，但是看到公主如此精明，又不禁觉得她前途有望，一股奇妙的喜悦之情和安心感涌上心头。

“是的。我们不知道他来这里有何目的，不过既然是七海联盟的人，他必定是担负着相应的任务。将军的命令，正是要我们对此进行确认。而且，根据我们获得的情报，同行者之一似乎是战地调停士。”

事已至此，他也和盘托出了。

“战地调停士？为了让战争以有利于七海联盟利益的方式终结，甚至会不择手段的那些战地调停士？现在我国各地并无备战，为何那种人要到这里来？”

听到这里，公主的表情也变得严肃起来。

“确实有趣……嗯，妾身也想会会他们。”

“相信不用我提醒，公主也会明白，请务必等我们确认安全之后再行动。”

“哎呀，这点小事，妾身当然知道。”

公主又恢复了天真烂漫的表情，咯咯地笑了起来。

*

“我会让你赌上性命的。”老人吐出不祥的话语，“为了确保你在自己指定的一个月期限后回到这个地方来，我要对你施行‘仪式’。如果你不接受这个条件，我们就不能接受你的提议。”

“嗯。”

被老人指名的是一名蒙面男子，他用指尖轻轻地敲着遮住半张脸的面具。

“你是指黑暗传说中所说的‘死亡刻印’吗？难道这个地方有施

法者吗？”

“我就是施法者。”老人冷笑道。

“原来如此。施法要花多长时间呢？说实话，我可没有多余的时间。”

蒙面男子的话音刚落，老人身边的伙伴们就齐声哄笑起来。他们似乎把男子的回答理解为“心神不安造成的犹豫不决”。

“哎呀，花不了多少时间——现在，在这里就能完事。”

老人把枯木般的手臂伸向男子。

“把手伸出来。”

听了老人的话，男子向老人伸出手臂，手心朝上。

“不是这样。把手背朝上。”

男子听从老人的吩咐。

老人将指尖凑近男子手上的皮肤，一边保持着几乎碰到的间隔，一边嘟嘟囔囔地念起咒语。

接着，男子的手背上凭空出现了一只蝎子。当然，这只是幻影，是咒语在人类视觉上的呈现。但是，那栩栩如生的模样还是让在场的人都倒吸了一口凉气。

男子不为所动。

魔导师又喃喃念了一遍咒语，蝎子便举起毒尾，蜇了男子的手背。

“唔……”

男子似乎感到了真实的疼痛，微微地皱起了眉头。

蝎子注入毒液的同时，它的身体也开始收缩。就像在两个气球之间替换空气似的，随着蝎子体形的萎缩，它在男子的手背上变成了一个二维纹章，并且逐渐扩大。

最后，蝎子消失了，男子的手背上只剩下一枚红色的纹章。

“那就是入侵你灵魂的毒芽。”

老人用平静的语气宣告道。

“这种毒液，现在不会对你产生危害……但是毒芽会缓慢成长，一个月的成长期结束后，它就会在你的体内破裂和绽开。如果变成那样，你的灵魂就会被毒害，被诅咒所吞噬，你本人也会立即死亡。”

面对这个不祥的宣告，蒙面男子没有表现出丝毫不安，只是一边抚摸着红色的印记，一边喃喃自语道：“原来如此。”

“听好了，期限是一个月。准确来说，是三十三天、三个小时和三分三十秒之后……倒计时已经开始了，所以实际的期限比这更短……如果你不能在期限之前回到这里来，哪怕只是超过了一秒钟，你的生命都会消失，你的灵魂会成为诅咒，陷入永远无法满足的饥渴之中。”

“哈哈，是这样的吗？我还没死过，不太清楚啊。”

蒙面男子始终是装傻的态度。但是，他的表情突然流露出一丝疑问。

“对了……这么说来，你……”

蒙面男子问站在老人旁边的人。

“你问我吗？”

“对对，就是你。问的就是允许我们进入洞穴的你。”

“我怎么了？”

“你是医生吧？我们去领许可证的时候，你好像正忙着治疗严重烧伤的婴儿。”

“那又怎么样？”

“那孩子的情况怎么样了？我当时有保证过，治疗补助方面不会吝惜。后来情况怎么样？”

“治疗很顺利。现在度过危险期了，他正在康复，很快就会好起来，所以不需要补助。比起这个，现在不是你自己的生命更重要吗？”

男子被嘲笑了。

“没什么，毕竟还有一个月呢。”男子无畏地说。

然而，在场的人不约而同地爆发出一阵哄笑声。

“一个月？他说还有一个月呢？”

“你真的觉得自己有那么多时间吗？”

人们的脸逐渐泛红，变成了和刚才的蝎子纹章一样的颜色。

“你已经完蛋了。”

“你们没有任何希望。”

“杀龙凶手？”

“你真的认为找得到吗？”

“你还以为自己能揭开谜底？”

“全都是白费功夫。”

“哈哈哈哈哈哈哈哈哈哈哈哈！”

“哈哈！”

随后，蒙面男子的身体开始诡异地抽搐，手上的红色纹章也在转瞬之间蔓延全身。

“啊、啊……”

当他缓缓地看向我的时候，他的脸已经不是人脸，而是和面具融为一体的巨大的蝎子头。

“啊，这就是死亡……”

蝎子含糊不清地嘟囔着，只见那具肉体如同气球一般膨胀起来，然后在下个瞬间炸得粉碎。

看到这一幕的我发出惨叫，然后……

然后，我就醒了。

从头顶的天花板判断，这里肯定就是我们昨晚住进的那家旅馆。绝对不是罗米亚萨卢斯，不是举行阴森仪式的那个昏暗大厅。清晨的阳光透过窗户照射进来，远处传来鸟鸣的声音。

“唉……”

噩梦的余韵仍然挥之不去。我一边摇了摇头，一边坐起身来。

是的，自从本人莱泽·利斯卡瑟、希斯罗少校和ED三人踏上旅途以来，已经过去三天了。

这里是圣波浪兰公国。

一个位于较偏远的地区，却拥有悠久历史和传统的国家，因为“塔里住着美丽的公主”这种略显缥缈的传说而闻名于世。我们昨晚到达这里后，就在旅馆里住了一晚。

“唔……”

我觉得脑袋还有些混乱，一边摇了摇头，一边往楼下的旅馆餐厅走去。距离早饭还有一段时间，我想先喝点饮料。

走进餐厅的时候，我发现ED已经先来了。不同于睡眼惺忪的我，他已经穿戴整齐，脸上还是严丝合缝地戴着那张面具。

“哎呀，早上好，莱泽女士。你睡得好吗？”他笑眯眯的，用爽朗的语气向我打招呼。

与他同行的途中，我一直在观察，结果如我所料，他的确是一整天都戴着面具。至于睡觉的时候是什么情况，我就无从得知了，因为我睡在别的卧室。

他正在喝自己带来的雷米茶，用的是从旅馆借来的茶杯。看来他还借了炉灶，自己烧的开水。

“早上好。ED先生又怎么样呢，睡得好吗？”

我的语气中有些怨恨。这也难怪，因为那件事，我甚至做了可怕的噩梦，为什么他这个当事人却如此满不在乎呢？

旅途的进展并不乐观……我们已经和六名嫌疑人（虽然不知道这

些人之中是否真的有凶手）中的一人接触过，但他是完全清白的。

那个男人是自称“冒险者”的画家，他把各种奇境异域的风景画下来，然后打着“出自冒险者之手”的旗号，以高价出售那些作品。我和ED伪装成商人去见他（大多数冒险者都知道少校的长相，所以少校没有出面）的时候，他当场画了一幅龙的画像，反复强调“画还没定价，所以这次是特别优待”，随后才展示给我们看，仿佛是施予我们无限大的恩惠。但是，只是看了这幅画一眼，我就哑口无言了。

画中的“龙”有三个脑袋，从外形上看，就是一只大蜥蜴，丝毫没有智慧的气息，完全就不像真正的龙。

我甚至都不用思考，就知道这是怎么回事了。这家伙一定是只办理了去见龙的手续，实际上却因为害怕而没有见到龙。

要进入龙栖息的洞穴，就需要管理员的许可和陪同。不过，据说管理员几乎是不会陪同进入洞穴的，就像我们当时那般只有许可没有陪同。因为只要管理员靠近，龙就知道是怎么回事了。所以，有些人没有像我们那样深入到龙所在的地方，中途折返也是有可能的。因为只有龙会知道这件事，但是龙并不会把这种胆小鬼的故事逐一告诉别人，所以不会有人发现他们的谎言。

归根究底，这家伙是因为做了这样的蠢事，所以才会轻易露出马脚……

“哎呀，原来龙是长这个样子呀！”

ED装出一副佩服的样子，我却只想一拳把那个趾高气扬、不知廉耻的画家给揍扁。要不是这次旅行需要隐瞒身份，我可能早就动手了。

无奈之下，我们来到了下一个嫌疑人所在的圣波浪兰公国。

“你要喝一杯吗？”

ED 把茶杯递给我。他已经完全习惯了旅馆，就像常客一样轻松自在。

“唉，那我就不客气了。”

我迷迷糊糊地接过茶杯，呷了一口。真好喝。不过，一想到他还平静得可以泡出这么好喝的茶，我就更有些气不打一处来。

“ED 先生，我也考虑了很多。”

“好的好的。”

“凶手为什么要杀死龙呢？”

周围没有其他人，我就索性打开天窗说亮话了。

“不，所以说……”

“你说动机是次要的，但我没办法同意！又不是所有人都会有理由去杀死一条龙！”

我的声音很轻，但是语气坚定有力。即使对方不认真，我也是认真的。

“哎呀，这可不好说。所有人都会有杀龙的理由，比如你。”

ED 没有理会我的态度，而是用轻松的语气回应。

“呃，我？”

“你是优秀的人才，年纪轻轻就被提拔到特务军官的军阶。但是，只不过因为是女人，你在卡塔他就被有意无意地轻视。更重要的是，作为特务军官，意味着你几乎不可能晋升为正式将军。你对此感到不满，你要让全世界见识你的才干。所以，你决定要杀龙，用这种方式扬名天下——你看，这就是理由吧。至少在我们这群外人看来，没有人能保证你不是凶手。每个人都会有一两个动机，这就是人类的本质。”

“这都是你的歪理……”

我争辩着，但就连我也知道自己的声音有些发虚。真是被他击中了痛处。

“那就再顺便讲些歪理吧，我也有动机。我作为战地调停士，被派遣到这里来，到头来却根本找不到调停的可能性，这还有什么脸面可言？于是，我决定要破坏调停地点成立的条件，让龙消失。反正又不是我说要在有龙的地方进行调停，就算此事导致停战协定无法签订也不是我的责任嘛。”

ED 嘿嘿地笑着说。

“不可能吧……”

“不过，客观来看，我没有办法矢口否认，因为没有证据。你也许会愿意为我作证，但在这种情况下，只有证人是不够的。毕竟现在可不是寻常的状况，我们需要更确凿的证据，所以查明杀死龙的方法才是最优先的。”

“可、可是，现在这种状况，你……”

我看向ED的右手。虽然他戴着手套遮住了，但是那只右手上确实刻着红蝎纹章。

那东西可是每时每刻都在削减他的生命。

回想起今天早上的噩梦，我不由得打了个寒战。

“哎呀，感冒了吗？睡在不习惯的床上，是不是着凉了？这样可不行啊。”

ED始终是那副无忧无虑的样子。

我探出半边身子，有些不知所措地“嗯”了一声。这时，ED说话了。

“比起‘为什么必须杀龙’，我其实对‘为什么龙不得不被杀死’这个问题更感兴趣呢。”他一边呷着茶，一边淡淡地说，“这也是此次旅行的目的之一……我要问那些见过龙的人，他们对龙有什么印象。当然也包括因为害怕而逃走的人。”

说着，他有些调皮地眨了眨眼睛。他似乎也看出来了，我对前几天见过的第一个嫌疑人非常不满。

“这就是为什么你要亲自去见那些见过龙的人吗？”

这话说得好像很有道理，但是在我看来未免有些拐弯抹角。我暗暗思考，是否有办法引导这个人采取更现实的应对方式呢？他的脾气似乎有些别扭，要是直接提意见，肯定会被他敷衍了事，是否有办法把事态引导到相应的方向呢？

“不过，要和这次的嫌疑人见面，或许有点麻烦吧。”

“嗯，又不能隐瞒身份，就交给希斯吧。”

说到这里，我环顾四周。

少校和ED明明总是在一起，现在却看不到少校的身影。

“希斯正在准备，还挺费时间的。他不擅长做那种事。”

准备？我不由得皱起眉头。

与此同时，耳边响起了忙乱的脚步声，只见年迈的旅馆老板惊慌失措地冲进餐厅。

“你、你们究竟干了什么！”

他突然朝我和ED怒吼，我们面面相觑。

“嗯？我们还什么都没干呢。”

ED这么说着，老板就叫嚷起来。

“亲、亲卫队来了！而且是王室直属亲卫队！”

我吃了一惊。难道是情报泄露了吗？我看向ED，他却表现得很坦然。

“不是来杀我们的吧？只是想见我们，所以让你来把我们叫出去，对吧？”

他的语气就像在开导老板。

“是、是这样没错……为什么王室直属亲卫队要找你们这种穷酸的旅行者啊？”

老板的话虽然刻薄，但也不无道理。因为是强行军，我和ED穿的都是皱巴巴的衣服，ED 的面具也被尘土弄得脏兮兮的，简直是可疑到了极点。而且，我们正在喝的茶也是自带的，一般来说，这就是没钱的证据。不过对 ED 而言，这可能只是出于个人喜好。

“他们要找的，也不是我们两个吧？”

“这么说的话，是找那个大块头吗？”

正说着，走廊里传来一阵军靴踏在地板上的声音。我咽了一下唾沫，往那边看去。

三名气势威严、看起来平时都在侍奉贵人的波浪兰军人，毫不客气地闯入了餐厅。他们穿着简易盔甲，浑身闪耀着银色的光芒。

“风之骑士在这里吗？”

他们大声叫喊着，既像是怒吼，又像是威吓。餐厅的空间很小，明明不用喊得那么大声也能听见。想到这里，我有点生气了。

他们似乎注意到了我的视线，其中一个军人向我走来。

“女人，你是他的同伙吗？”他问，眼睛瞪着我。

“你们是什么人？”

尽管旅馆老板刚才向我们说明过，我还是明知故问，语气并不和善。我当然是故意的。因为我很讨厌这种倚仗权势、妄自尊大的人。

“我们是圣波浪兰公国军王室直属第四亲卫队六七小队的人。希斯罗·克里斯托夫应该在这里，让他出来。”

“你这种请求别人的态度，恐怕有些不周到。”

“你说什么？女人，你是被那家伙勾引了吗？”

我的火气立刻上来了，“你说什么？”

我气势汹汹地站起来。

“你再说一遍。你刚才说我和少校怎么来着？”

也许是感觉到了我脸上的杀意，三名盔甲军人的眼神也发生了变化。

“女人，你要干架吗……”

“不许用这种随便的称呼！”

我这么说着，心里虽然是真的生气，但也有自己的小算盘。

如果我这个同行者在这里闹事，ED就无法与这次的嫌疑人见面了吧。这是一个机会，我要把这些军人当成棋子，充分地利用起来。再说……

我是真的非常生气！

其中一名军人仍然以为我是平民女子，伸出手臂就要粗暴地推开我。但是下一秒钟，他反被我擒住手臂，然后飞向空中。

他还没能做出防御动作，就这样一头扎进了桌子里。

随着一声巨响，桌子上的东西四处飞散。

“啊！你在干什么呀！”旅馆老板发出惨叫。

我瞥了ED一眼。原本放在桌子上的茶壶和杯子，不知何时已经被他拿回在手里保护起来，他还朝我眨了眨眼。

“加油加油。”

他的声音很欢快。眼前的状况，根本没有动摇他的内心。而且，他也没有半点出手相助的意思。

他究竟明不明白现在的状况啊？这么想着，另一名军人已经向我扑了过来，所以我没有闲工夫和ED对话。

我及时躲开军人挥来的拳头，再扫开他的脚，使他失去平衡的同时，拽着他的身体，让他的腹部接住了另一个人踢来的一脚——完全把他当成盾牌了。

“呜！”

这名军人穿的是装饰性的盔甲，盔甲只覆盖了胸部周围，现在却在没有防御的部位遭受同伴的一发攻击，他当即昏死过去。

踢他的人露出僵硬的表情，往后退了几步。原本还是两个伙伴，眨眼之间却只剩下自己一个人，他明显有些焦急了。他就是刚才说我被勾引的人。

“你、你！”

说着，他拔出剑来。

我的表情也变得更加严肃。

“你拔剑了。所以你的意思是，为了杀人，你已经做好了被杀的准备吗？”我平静地说。

尽管如此，对方的眼神仍然充满敌意。

“我本来没打算做到这个地步，但如果你还是执迷不悟，我就只好奉陪到底了。先拔刀的是你，旅馆老板会给我作证吧？”

听了我的话，早就吓得直不起腰来的旅馆老板更是发出了微弱的惨叫声。

“闭嘴！受了这种耻辱，怎么能忍气吞声？！”

军人不肯退让。我在心里咋舌，要是弄不好，或许会废掉他的一只手臂，我还是想尽量避免让事态升级。

我伸手去拔别在腰后的短剑。

就在这时。

餐厅里的空气在颤抖。是的，它最初是以接近振动或冲击的感觉传达给我们。然而，那确实是人类的声音，我们可以理解它的含义。或者说，它的含义仿佛直接贯注到我们的体内。那声音是这么说的：“到此为止！”

刚才还是杀气冲天的气氛已经烟消云散，我和军人都吓得一颤，把头转向声音响起的地方。

那里站着一个男人。

他穿着七海联盟规定的正式礼服，他所属的里雷兹国的军装，上面披着七海联盟通用礼服的斗篷。

那是以黑色和红色为基调，给人以沉稳有力印象的装饰物。然而，穿着这身礼服的人，甚至要比礼服本身显得更强壮、更高大。

“到此为止……胜负已分。”

希斯罗·克里斯托夫的声音，听起来很沉稳，却又很有分量。他一边说着，一边挡在了我和波浪兰军人之间。他的步伐缓慢，却叫人找不到一丝空隙。我回想起ED刚才说，“少校要做准备所以会晚到……”“准备”就是指这件礼服吗？穿上这件礼服，应该就是要前往波浪兰政府并正式提出请求了。

这件礼服确实带有一种威严感，或者说存在感。我没想到少校会如此适合这种服装，所以有点……看得入迷了。

“风、风之骑士？”

与我相反，波浪兰军人表现出对少校的畏惧。恐怕他立刻就感知到了，少校是与众不同的。

“你、你为什么要来这个国家？”

“是啊……你应该先这么问我才对。”少校瞪着他说道，“如果你们一开始就直接来见我，而不是平白无故地侮辱这位女士，你们就可以少吃一些苦头了。”

他的声音里夹杂着怒意。有别于只是接受过训练的我们，他那是属于在战场上驰骋的、真正的战士的愤怒。

对方的脸色变得苍白。

我恍然大悟，突然觉得自己刚才做的事情太过幼稚了。

“呃，少校，我……”

我正要插嘴，餐厅里就响起了一个懒洋洋的声音。

“哎呀，希斯，不是这样的。”

我看向 ED，他已经把茶壶里的茶水倒进了杯子里，又喝起来了。

“他们三位只是请莱泽女士指教武艺。因为你换个衣服都要磨蹭，所以我们就这样打发无聊的时间了——对吧？”

ED对波浪兰军人眨了眨眼。

这家伙刚才还说受了侮辱，不能忍气吞声呢，现在就慌张得找台阶下了。

“是、是的。我、我们非常信赖这位女士的武艺，于、于是就，过、过了几招……”

“没错吧，莱泽女士？”

这回轮到我被问了。我不知道该怎么办，只好点了点头。

“呃，是的……”

“是这样吧，老板？”

最后，他甚至要向仍然浑身瘫软的老板寻求同意。

“是、是这样的！”

不知为何，老板站起来回答，还把身子挺得笔直。

“就是这么一回事。或者说，‘就当成这么一回事’。”蒙面男子耸了耸肩。

“嗯，好吧。既然利斯卡瑟上尉这么说，”少校叹了口气，“这下可省事了……喂，那边的家伙。”

少校向波浪兰军人打招呼。

“我们来这个国家，是有事要找丞之烈亲王，希望和他见面。这是来自七海联盟的正式请求。你当然会帮忙禀告上级吧？”

只见那个可怜虫使劲地点头。

我看向ED。

他在漫不经心地喝茶。

结果，我的计划彻底失败了，一切都如他所愿。亏我还大闹一场，真是白费功夫。

难不成，他一开始就识破了我的目的，所以才任由我这样胡闹吗？

尽管我在心里否定这种可能性，不愉快和不安的心情还是挥之不去。

2

跟随着向导，我们来到了波浪兰王宫。在这里，我们没有得到任何款待，反而受到了审问。我们被带到天花板有三层楼高的宽敞大厅，被包围在多名似乎是亲卫队成员的军人中，一名自称山岸的上级卫兵径直来到了我们面前。

“克里斯托夫大人，你们为什么想见丞之烈亲王？”

“这是见到亲王之后再说的话题。”少校始终平静地回答。

即使被多个全副武装的人包围，他的坚定意志也没有受到任何影响。也许是受此鼓舞，我的心情也变得非常平静。

“但是，我们王室直属亲卫队也必须首先考虑亲王的人身安全。在明确你们的目的之前，我们无法给予许可。”

“这是丞之烈亲王下达的命令吗？”

“呃……不是。”

山岸明显有些狼狈。

“我们来这里，绝对不是为了加害亲王，更没有军事目的。我们只是想谈谈亲王曾经以个人名义访问罗米亚萨卢斯的事。”

少校的话让山岸越发皱起眉头。

“罗米亚萨卢斯……是指龙的事吗？”

我的心一下子提到了嗓子眼。山岸继续说道：“我不知道那条龙在想什么，不过那种怪物和我国没有任何关系，没什么可说的。”

山岸看起来很不愉快。但是这些发言意味着，他不知道龙已经死了，再考虑到他并没有理由隐瞒，应该是可以排除嫌疑了。

所以说，并不是所有的情报都泄露出去了？

看来情况就是这样。

然而，这时ED却采取了和我的想法截然不同的做法。

“你对龙有什么宿怨吗？”

他直截了当地提问。

“这是什么意思？”

“就是字面的意思。从你的语气来看，你确实不喜欢龙。这其中的原因是什么呢？丞之烈亲王也持有同样的观点吗？”

说到底，ED似乎只对龙感兴趣。

“我没有理由告诉你们！”山岸厉声说道。

这种态度确实只会让人觉得他有隐情。于是，少校又开口了：“山岸大人，我可以认为你的意思是‘不想告诉我们’吗？”

少校平静地说。但是，他的话语里充满了不可抗拒的弦外之音——“我们对此也有心理准备”。

山岸立刻闭上嘴不说话了。这时，大厅里突然响起一阵清脆的笑声，吹散了我们之间的紧张气氛。

“啊哈哈哈哈哈哈哈哈哈！”

扭头一看，那里站着一名少女。年龄大概在十七岁，五官端正，有一张洋娃娃般的面孔。她的头发剪得很短，给人一种活泼的印象。

我一开始还没注意到。

“山岸，你们所说的事，甚是有趣呀？”

少女使用的是与其容貌不相符的措辞。然而，那高贵的话语里没有勉强，也没有演技。看到山岸听了这话就变了脸色，我才恍然大悟。

这名少女是——

“公、公主！”

山岸站了起来。

月紫公主——记忆中是叫这个名字。波浪兰的著名传说中“塔里住着美丽的公主”，肯定就是指这名少女了。从山岸的反应来看，她应该就是公主本人。但是……

“嗯？”

少校的脸上露出一丝紧张，眉头也皱了起来。知道这是公主本人后，他产生了疑问。我也有相同的疑问，同时也不知道答案。我看向

ED，他的表情没有任何变化。

“你就是风之骑士吗？”

公主毫不在意我们的尴尬，向我们走来。

“是的。你就是月紫公主吗？”

“不错，你怎么知道？”

“因为你非常有名。”

“嗯，看来妾身也很有名啊。”

公主对此好像没有反感，径自点了点头。

“说来，你是想见丞之烈亲王吗？”

“是的，务必请你同意。”

“可惜是见不到了。”

“为什么？我们都已经见到公主了。”

“叔父死了。”

公主干脆地说。

“咦？”

“半年前就已经死了。死人自然是见不到的，更别提交谈了，是不是？”

这意料之外的回答让我们目瞪口呆，山岸也露出了慌张的神情。

“公、公主！将军吩咐过，这事还不能透露给外界……”

“不如把实话说了，省得七海联盟硬着头皮在这里净打听些有的没的。而且……”

公主微微一笑，瞥了我们一眼。只有少校打扮得非常得体，我和ED则是一副脏兮兮的旅行者模样。与之相对，公主身上穿的是一套合身且方便行动，且闪耀着白银色光芒的华丽服装。

我感到脸颊有点发热。

“看来他们是在秘密行动。只要让他们保守秘密，想来他们也不会到处声张吧？”

“我们会尽力帮助你，但是……如果你不告诉我们亲王为什么会死，我们就无法做出任何保证。”

少校从混乱的思绪中恢复过来，再次追问。于是，公主轻轻地摇头，简洁地说：“死得甚是无聊。”

“叔父被女人刺死了。其中原由谁也不知道，莫不是情爱纠葛吧？”

“不、不是的，这个说法不正确。”听了公主直言不讳的说法，山岸慌忙补充道，“亲王结束观光旅行，回到我国后，发生了一些变化……”

“旅行？那是指去见过龙之后吗？”ED立刻问。

“是的……以前的亲王，怎么说呢，对女人有点……”

“哎呀，就是贪恋美色，平日也是放荡挥霍惯了，是个叫人讨厌的男人。”公主再次不加掩饰地说道。

山岸正要说些什么，却被ED用另一个问题打断了。

“与龙见面后，就改变了？”

“嗯。说来叔父去见龙的动机也不足挂齿。这是我听他本人说的，他就是觉得这样做像冒险者，好在女人面前逞能，才会决定在偶然路过的罗米亚萨卢斯与龙会面，可不是叫人听了都要笑话。不过，这次会面确实很有功效。”

“具体是什么功效呢？”

“哎呀，这可该怎么说呢……对了，你们有‘值得相信的东西’吗？”

“什么？”

我们都觉得这番话有些出乎意料。于是，公主继续说道：“叔父当时是这样说的，‘龙背负着这个世界。这回与龙见过面后，我已经无暇度过羞耻的人生了。迄今为止，我还没有创造过任何值得相信的东西，今后必须把这些光阴追回来……’”公主淘气地微笑着。

“你们可听明白了？”

我们沉默不语。

“至少，妾身可没听明白。只觉得叔父说的似乎是好事。”

这时，少校说话了。

“嗯，我好像可以理解。”

“嗯？”只见公主轻轻地抬了抬下巴，“风之骑士，你见过龙吗？”

“是的。不过几乎没能得到和它交谈的机会……”

“即便如此，你仍然有所领悟。你与叔父看到的可是相同的东西？”

“我不知道，不过……”少校微微吸了一口气，然后说道：“不过……我想亲王一定是认真的。”

“你说他是认真的……山岸，你可听到了？”

公主看向上级卫兵山岸，山岸便露出了尴尬的表情。大概在亲王生前或死后，他曾经不慎说过亲王的这些发言很可疑之类的话吧。

“说来，风之骑士，你可有值得相信的东西？”

“不，还没有。”少校立刻回答。

“你说得倒是干脆。比如七海联盟的规章，这些也不能算数吗？”

“我是派遣士官，虽然会履行职务，但是不至于宣誓灵魂的忠诚。”

要是听者有心，这番发言可以说是非常不妥当了。公主笑了起来。

“真是有骑士风格的回答！你还未觅得值得侍奉的主君吗？”

“或许是这样。或许我现在就是在寻找——我自己也不确定。”

“真叫人羡慕，妾身是不许有这种想法的。”

公主用艳羡的目光注视着少校。我不禁感到胸口一阵骚动。

“那么，亲王为什么会被杀呢？”

少校回到了原来的话题。只见公主微微一笑，回答道：“浪子回头反倒害了叔父的性命。只听说以前同他戏玩的一名女子，对这种态度万分不喜。或者她心里是真喜欢叔父，或者因叔父不再纵情声色，她见不到叔父的面，不知如何耐得住这寂寞，只得出此下策也未可知。毕竟那可怜的女子已经自尽，谁能知晓她的动机呢。”

公主用悲伤的语气诉说着，仿佛在同情凶手。

“你真善良啊。”

听了少校的话，公主眯起眼睛。

“若是喜欢妾身，你也来服侍妾身吧？如何？”

“不，我正在执行任务。”

“只是玩笑话罢了。反正妾身……”

不知为何，两人之间弥漫着他人无法进入的气氛。此时的我像是被一股莫名的焦躁感束缚住了。

但是，这样的气氛又被ED破坏了。他完全无视之前的对话，突然用急切的口吻再三进行确认。

“那、那么，亲王是和龙说话了吧？确实是说了吧？直接见面并交谈了吧？”

“嗯，若叔父没有说谎的话。”

听了公主的回答，ED开始用指尖轻轻地敲击面具的边缘。

“也就是说……不，没有这种可能性。那么……”

这回他开始喃喃自语了。无论是在一国公主的御前，还是被全副武装的卫兵包围，他完全不把这些状况放在眼里。

“嗯？你说的是什么可能性？”

公主问道，ED当然没有回答。他似乎在拼命地思考，以至于对周遭的事情没有任何反应。

“可是，这样就走投无路了……”

只听到他在小声嘟囔些什么。

“喂，小子！公主在问你呢！”

山岸大吼一声，ED却一动不动。反而是公主不由得笑了起来。

“哎呀，无妨。想必只有不寻常的人，才办得了战地调停士的差事。这样的人在这世上也是必要的，至少比那些装饰品似的王族更来得必要。”她快活地说道。

“公、公主！这种话……”

“呵呵，是妾身失言了，对不住。方才的话，你们可否当作没听见？妾身也发誓，断断不会把你们来到这里的事告诉别人。”

公主坦然地说。

刚才的过节暂且不论，我已经对这位公主产生好感了。我越来越觉得，她是一个性情直爽、厌恶歪门邪道的人。

因此，既然已经基本确认嫌疑人之一，即已故丞之烈亲王与杀龙事件无关，我们就早早地放弃了来到这里的目的。

“月紫公主，衷心感谢你的帮助。我们也不会向七海联盟报告丞之烈亲王的事。”

“哎呀，妾身倒是想你们说出去呢。这事总是要隐瞒，也不嫌对死者失礼吗？”

公主眨了眨眼睛，山岸就皱起了眉头。

“我们很难办呀，公主……”

他的语气有些无奈。

我们面对的也是同样的状况，所以我有些内疚。毕竟世人都以为那条龙还活着，但我们知道那是谎言……

我们沉默了一会儿，只有 ED 还在喃喃自语。

“不，只能这么认为……不行吗？”

他吐出一口气。尽管得到了有关龙的素材，他似乎还是没能得出结论。

于是，我们来到这个地方的意义，就这样完全消失了。

3

“不过……这到底是怎么回事？”

虽然公主挽留我们在塔里留宿，但是我们婉拒了她的邀请。回到旅馆后，我们面面相觑，陷入了沉思。

“那位月紫公主，怎么看都不是替身。可是……”

“是啊。公主身边的人理应负责她的人身安全，但是他们却轻易让她来到我们面前。那个名叫山岸的上级卫兵和另外的两三个人看着还算可靠，公主出来的时候他们也显得非常狼狈。他们应该是下过命令，叫部下们拦住公主。”

“不仅如此，你……你的身体明明被下了可疑的咒语，他们为公主准备的警备对策里却没有包含感知这类危险的内容。这到底是怎么回事？再怎么说公主也是代表一国立场的人物，这实在是太不讲究了。”

“这方面，莱泽女士应该比我们更清楚吧。特务士官似乎会经常参与这种任务。”

两人说着，把视线投向我。

“这……”我一时语塞，但又想不出别的解释，只好如实告诉他们。

“这个国家的政治形态，最近发生了变化……

“先王病死后，由真拟利根将军摄政。因为现在的国王白鹭真君只是个七岁的孩子。

“先王还留下了欠他国的巨额债务……为了处理这些债务，就必须在一定程度上放弃迄今为止的美学并谋求合理化——这是真拟利根将军的主张。然后，据说最应该顾虑的问题，就是缩减王室的开支……”

出于职业关系，对面这两人对这方面的事情都很了解。我好像不需要进行背景说明了。

“嗯……恐怕事情没有这么简单。不知道是真拟利根将军本人的企图，还是背后有军火商的关系……缩减国家经费的目的，恐怕是……”

“为开战做准备？”

ED代替欲言又止的我说完整了这句话，我点了点头。

“因为战争是一次性解决各种问题的常用手段，大概是想把拖欠的债务也一笔勾销吧。比如对某个国家和某件事进行干预，再与其他国家签订利益分配的条约。现在这个国家的局势，就是让我有这样的猜测。”

“这些和公主有什么关系呢？”

少校追问。他是在担心月紫公主吗？这个想法浮现在我的脑海里，但我知道现在不是考虑这种事的时候，于是调整思路，努力冷静地回答。

“要发动战争，单凭大人物是不够的，必须得到国民的支持。在这种情况下，要找最简单的开战借口……就和我被派往罗米亚萨卢斯的理由是一样的。”

少校倒吸一口冷气，ED也叹了一口气。

“和你的情况相比，这边更加无情吧？毕竟他们是打算亲手制造开战的口实呢。所以他们甚至会轻易地让公主和我们这样的可疑人士见面，要是真的发生意外，就算他们走运，省得自己动手。大概就是这种想法吧？”

“公主是这个国家的传说，加上她的性情直爽，应该很受国民喜爱吧。如果她是直系血统，现在恐怕已经是女王了。从这个意义上来说，她也是摄政将军的眼中钉。”

我和ED有一搭没一搭地交谈着，少校却在喃喃自语。

“可、可是，这种事……”

他的身体开始颤抖。

“那么……那么，是那位公主的亲人在威胁她的生命吗？！”

“所以他们的警备态度才会那么轻浮。虽然有些迂回，但是这恐怕就是布局，就是为了日后行动做出的部署之一。就像ED先生刚才说的那样，发生意外的‘走运’也在他们的算计之内。而且……恐怕公主已经知道自己被盯上了。只是为了避免让祖国陷入混乱，才默默地装作不知道。”

我斩钉截铁地说。

我坚信自己的判断。那位公主既天真无邪，又对形势有着客观的认识。

“无聊、无聊”——反过来说，就是因为看透了自己的未来，所以才会说出这样的话来。

“这么一想，你就知道公主为什么要主动来见我们了吧？”

ED又叹了一口气。“就公主而言，在既定的日子到来之前，即使多少有些冒险，也要和各种各样的人见面吧。尽管她表现得坚强又开朗，其实内心一定是很怕寂寞，很想和人见面。”

听这个口吻，他似乎与月紫公主有莫名的共鸣，我不禁有些意外。因为在我眼里，这名蒙面男子似乎对他人的这种情感不甚了解。正当我感叹着这份意外的细心，要对ED刮目相看的时候，他却干脆地说：“不过，毕竟是别人的事，我们又在旅途当中，还有紧急事务要处理，只能放任不管了。”他耸了耸肩，简单地说道。

我也知道，我们确实别无选择，但我还是觉得有些过分。

然而，少校并没有像往常那样抱怨无情的ED，只是默默地握紧拳头。

第二天，我们一大早就离开了旅馆，但是街上已经人山人海，我们大吃一惊。

“啊，今天要举行真君陛下的诞辰纪念庆典，所以整个国家都在热烈庆祝。”路人告诉我们。

虽然早就在准备了，但也许是因为我们住的旅馆背靠街道，根本没有热闹的气氛，所以我们都没注意到。

大街上的行人和马车络绎不绝，我们前往港口的路上似乎也非常拥挤。

“看来还是放弃共乘马车比较好，我们走着去吧。”我对两人说。

ED点点头，少校却露出严肃的神情，目光锐利地注视着周围。

“怎么了？”

我问他，却没有得到回答。

他只是神情严肃地瞪着眼，望向在我看来不过是虚空的东西。

“怎么了……”

我小心翼翼地向少校搭话，然后看向ED。只见蒙面男子用手捂住脸，耷拉着脑袋，表情仿佛在说“糟了，搞砸了……”。

正当我不知所措的时候，少校突然说：“你们先走吧。”

“啊？”我很惊讶，ED却只是“唉”地叹了口气。

“目的地是港口对吧……我很快就会追上你们，开船之前就能完事。”

少校甚至没有看我们一眼，丢下这句话，就转身钻进人群之中，飞快地穿过水泄不通的大街。

“就是因为如此，一流战士的感性才让人伤脑筋啊……”ED嘟囔着。

“啊？”

“他一定是从这座城市的空气中读出了我们没察觉的异常气息……所以昨天晚上，我才会事先嘱咐他不要管公主的闲事，结果还是白费力气。”ED这样嘟哝着。

我陷入了混乱，因为我不太明白他话里的意思。

“你在说什么呀？”

ED这才把视线投向我。

“我的意思是，风之骑士接下来打算做些‘乱七八糟的事’。我们去追他吧，虽然我不认为我们能追上他。”

*

作为诞辰庆典的环节之一，月紫公主将会代替年纪尚幼的白鹭真君乘坐由十二匹装甲马并排牵引的特大花车巡游王都，向国民致意。

“说要缩减国费支出，怎么这时候倒是大手大脚了呢？”

看着装饰奢华的车身和披在装甲马背上的昂贵挂毯，公主笑了起来。

“呃……公主，这种话不能大声说呀……”

像往常一样，在她身边担当警卫的山岸，露出了一脸苦涩的表情。

但是，公主毫不在意这名上级卫兵的苦涩。

“哈哈哈！瞧瞧这雕刻，真是好手艺。这是什么东西？是龙吗？”

她快乐地说着，拍了拍摆放在花车的四角形似有翼蜥蜴的立体装饰。它们的大小有人的两倍以上，在经过精良的制作后栩栩如生。要不是委托一流的工匠和工作室，恐怕做不出这样的效果。到底为此支付了多少费用呢？

确实，这笔钱花得太不慎重了。

山岸抬头看着雕像，不由得产生了这样的想法。

和这辆花车有关的所有准备工作应该都是由摄政将军的下属负责的。但是，平时就没见过他们有这么舍得花钱……

话虽如此，山岸本人也觉得，为了彰显王族的权威，这点奢华是理所当然的，所以就不再多想了。

“想来昨日与风之骑士等人会面也是因龙而起，莫非妾身与龙还有些缘分？”公主咯咯笑着，似乎把有翼蜥蜴和龙混为一谈了。有翼蜥蜴只是一种没有智慧的魔兽，龙却是超越所有生物的存在，两者之间有着天壤之别。不过，一般人都不知道龙的外形，难怪她会搞错。

就在这时，花车出发的时间到了。巨大的车轮转动时，会发出“嘎吱嘎吱”的响声，除此以外还算正常，于是巡游顺利地开始了。

在街道两旁，国民们挥舞着旗帜，高声欢呼：“真君陛下诞辰纪念日，万岁！”公主的脸上带着尊贵的笑容，不时向他们挥手致意。她表现得非常得体，叫人难以相信她和总是捉弄卫兵们然后捧腹大笑的那位公主竟然是同一个人。她的举止体现出一种奇妙的稳定性，同时也维持着足以让人确信她就是公主的同一性。

也许是因为她拥有坚定的“自我”吧。在某种意义上，在寻求国家稳固可依靠的国民看来，这足以作为“登基的资格”。然而，实际登上王位的，却是年纪尚幼、只是一味被将军和大臣们的想法左右的白鹭真君。

这真是太让人着急了。山岸注视着公主的背影，这样想道。仅仅因为公主是庶出，不是先王的正宫皇后所生，她的王位继承权就要排到第二顺位，这是完全不合理的。或许，这是否还关乎摄政将军的意图——他希望登基的是一位更容易被控制的国王呢？对此，山岸并没有十足的把握，但他确实有这样的怀疑。

随后，花车到达了巡游的第一个中途目的地——王城前广场。虽然巡游已经开始，但是要等花车到达这里，诞辰庆典才算是正式开始。在谒见台上，可以看到身穿盛装的白鹭真君紧张拘谨的身影。皮肤白皙、身形有些微胖的他，将会于今天的早、午、晚在这里分别出现一次，和公主的巡游队伍会合则是在此刻和傍晚。

真君从远处就发现了公主的身影，向她投来了求救的眼神。

白鹭……

有时候，公主会心疼这个跟自己有一半血缘的弟弟。他生性不喜争斗，总是慢条斯理，如果只是这样，或许还可以联想成这是国王应有的气度，但他还有喜好观察别人脸色和掩饰自身意图的毛病，站在国王这种必须不断发号施令的立场上，这种性格就是给自己累积压力。更何况，他还只是个孩子……

“纵然如此，你也不能依赖妾身啊，白鹭……”这样想着，她向国王投去了略显强硬的眼神。

只见白鹭真君露出胆怯的表情，不知所措地四处张望。但是他的周围，就只有不苟言笑的卫兵和仗势欺人的大臣。他几乎要哭出来了。

“陛下，你怎么了？”坐在旁边的真拟利根摄政将军跟他说话了。

除了王族，这个国家的最高权力者就是这个大块头。他有着健硕的胸膛、宽阔的肩膀和厚实的下巴，给人武斗派的印象，但他爬到现在这种高位，却不是因为立下赫赫战功。一切都只不过是权谋术数的结果，因为他比表面上更擅长奸谋诡计。为了达到麻痹对手的目的，就连这种给人错觉的外形，也曾经多次被他充分利用。

总而言之，在白鹭真君看来，这个男人的外形比在场的任何人，甚至比那些身为守卫的魁梧战士都要可怕得多。

“呃……嗯，没什么。”

白鹭真君惊慌地回答这名“臣下”。

“公主也是为了陛下才这样到处奔波。陛下是否愿意回应公主的这份厚意呢？例如，以发表声明的形式。”

听到这种胡搅蛮缠似的腔调，白鹭真君心里焦急，只是使劲地摇头。简直是岂有此理！光是这里有这么多的人，对他来说就已经是很大的负担了，还要他面对这些人独自发表声明，想想都觉得可怕。

“是吗？”

真拟利根将军只说了这两个字，便再次把视线投向月紫公主乘坐的花车。白鹭真君尽管被晾在一边，但他感觉松了一口气，脸上带着卑怯的表情，蜷缩在座位上。谁也不会像山岸对月紫公主那样规劝他，“这样是当不好国王的”。

周围回荡着国民的欢呼声。

“不行！人太多了，找不到啊！”在王城前广场的人群之中，我对着旁边的 ED 大声说道。

“但是，他肯定就在这附近，肯定就在月紫公主的附近！”蒙面男子在四处张望的同时，也大声回应着。

我们是来寻找突然失踪的少校的，但在这人山人海之中，根本就难以找到。

在广场上巡回的大型花车再次从眼前驶过，这已经是第二次了。虽然不知道这辆花车还要巡回多少圈，但是只要它离开广场，车周围的人就会减少，找起人来也会比较方便吧？就在我这样考虑的时候——

咦?

一开始，我以为这是眼睛的错觉。在凝神细看之下，我才肯定这些细微的动静是确实存在的。

花车上的装饰中，那四座有翼蜥蜴的雕像，它们那看似缠绕在车身上的尾巴，确实在活动。就像波浪一样，逐渐地向外散开。

“那是?！”

身为特务士官，我知道那些是什么东西。

嗯?

花车上的月紫公主也看到了这些动静。

什么? 雕像竟动了……

雕像的前脚尖似乎在抽动，频率显然不同于车身摇晃的频率。与此同时，它们的脑袋也开始左右摆动。

“喂，山岸，那究竟是什么把戏?”

因为事先没有听说，所以公主向警卫了解这些可疑情况。

“啊? 什么事……”

话没说完，看到公主所指的东西，山岸的表情就僵住了。

因为那些已经不是雕像了。

受到定时魔法的控制，一直保持僵直状态的有翼蜥蜴，这时已经解除了束缚，开始活动起来。

“公主！危险！”

见到有翼蜥蜴的利爪在逼近，山岸连忙将公主推开。

只见血花飞溅，这一击使山岸的身体飞了出去。

“山岸！”公主发出惨叫。

这时，四座雕像都变回了原来的魔兽，开始从口中喷出火焰。

其中一发直接击中王城的一端，爆炸的烟灰就弥漫在广场的上空。

周边立刻变成了回响着恐怖尖叫和哀鸣的地狱。

顾不得恐慌在周围蔓延，公主扶起倒在地上的山岸。

“都怪妾身需要你的保护——对不住！”公主的表情因懊恼而扭曲。

“公、公主——请你快逃……”负伤的山岸向公主挤出这些话来。

“只怕……”

公主抱着山岸，抬起头。

如果只是一头，或许还有希望吧。然而，魔兽却有四头之多。这些魔兽全都转向公主，他们被包围了。

“从一开始，退路就被堵死了。”公主厌恶地喃喃道。

她一直在注意避免这样的情况。她早就知道，这样的日子总有一天会到来，结果现在却把山岸也卷进来了。这让她感到懊恼不已。

一头魔兽张开嘴，嘴里忽地闪烁着火光。看来它是想把火焰喷向这边。

就在公主不由自主地闭上眼睛的时候。

——轰隆。

刹那之间，响起了难以形容的钝重却又尖锐的声音。

然后，当公主睁开眼睛时，映入眼帘的是旋转着飞向天空，随后由于自身的火焰而爆炸四散的魔兽的头颅。

在那一瞬间将头颅劈成两半的那个身影刚在公主身边落下，马上又在地板上一蹬，飞了起来。

眨眼之间，一闪而过的剑光已经将魔兽的利爪斩飞，在丝毫不见停歇的攻击之下，魔兽的头颅又被顺势割下。

因为速度太快，所以公主无法看清那个被肮脏的旅行者斗篷包裹的身影——但是凭着直觉，她还是知道了。

名副其实，宛如疾风……

太快了！

总共不到五秒钟吧。最后那头魔兽，就连喷出的火焰也被他挥剑斩断，从头到脖子根部都被劈成两半，接着就倒下了。

多么……多么可怖的骑士啊。

公主不由得咽了一口唾沫。

随后，披着斗篷的身影转向了公主。他的脸被兜帽遮住了，叫人看不清楚。

“啊……”

公主正要开口，骑士又在地板上一蹬，飞奔着离开了。接下来，他要前往的目的地是王城上的谒见台。位于高处的谒见台，骑士究竟是怎么发现的呢？只见他不断地将墙壁和柱子作为立足处，毫不迟疑地登了上去。因为太突然了，所以谁也无法阻止。

不到十秒钟，他就站在了白鹭真君和真拟利根将军的面前。他就像一座金刚，叉着腿站在那里瞪着两人。

“……”

真君一脸茫然，似乎还无法跟上事态的发展。

“呜……”真拟利根将军却是脸色煞白。

然后，总算反应过来的卫兵们战战兢兢地向他靠近。

“喂、喂，小子，你、你面前的可是真君陛下！”

卫兵们的声音带着不安，而骑士发出的怒吼完全盖过了他们的叫声，响彻天际。

“你们这些蠢货！”骑士大喝一声。这声音迫使人们从恐慌之中惊醒过来，一齐缩起身子。

“这是何等丑闻！有人在公主乘坐的花车上设置了那些机关，你们却视而不见，这怎么能用‘过失’搪塞过去?！不，真的会有人相信，这仅仅是‘过失’和‘不体面’吗?”

他的声音威严而响亮，甚至会让人感觉他是在所有人的耳边诉说。

“这件事的负责人是谁?！当初是谁提议让公主乘坐那种花车?！”骑士说道，同时瞪着真拟利根将军。

“呜……”将军无法回答。

按照原本的计划，公主死后，他会宣布“这是某个国家的阴谋”，以此煽动国民。但是，完全出乎意料的事情却发生了。公主得救了，群众不是被他压倒，而是被这个来路不明的可怕骑士的话语压倒……这到底是怎么回事？

“国王！是你策划了这件事吗？！”骑士的目光从将军转移到白鹭真君。

这个可怜的孩子被那可怕的目光吓得直不起腰来，胯股之间也开始冒起失禁的热气。

“我、我我我我我、我不知道！我不知道！这件事，全部、全都是真拟利根……”

他的声音嘶哑，就这样招供了。真拟利根的脸色从苍白变成了深红。

骑士慢慢地转向真拟利根将军。

“国王是这么说的，你有什么要辩解的吗？”

听起来更像是平静的宣告，真拟利根瞬间无言以对。

于是，骑士在那一刻动了起来。

剑光一闪，血从真拟利根的喉咙喷薄而出。

所有人都以为将军被斩首了，但他倒下以后，却以一种难看的姿势在地上扑腾起来。他捂着喉咙，那里却没有进一步出血，只是开了一个洞，发出“咻”的漏气似的声响。

“这样不会影响呼吸，只是有两个月左右不能说话。而且手指会颤抖，拿不动笔，所以应该不太好和别人沟通吧。在这期间，你就可以体会到这个国家一直以来对你的看法了。”

骑士对满地打滚的将军视若无物，沿着来时的路返回广场。

群众在远处围观，已经来到谒见台旁边的月紫公主正等候在那里。

“你这言语，怎么这般骇人？”公主的脸上挂着笑容。

“接下来，就交给你了。在那个人无法行动的两个月时间里——绝对谈不上时间充裕，但只要认真去做，至少可以完成筹备工作，以改变一个国家的起跑线。”骑士向公主行了一礼。

“哼哼。”公主轻轻一笑。

“这算是命令？区区骑士，怎敢命令你本该侍奉的公主？”

“这就请你自行判断了。”

骑士再次行了一礼，准备离开。

“慢着。”公主叫住了他。

“真是可恨的家伙——只要在这里宣布自己的霸主地位，明明就能拿下这个国家。你这是要说，自己无意称王吗？”

“因为这里是你的国家。月紫公主，责任在你身上。”

听了这句话，公主放声大笑。

“你这家伙，真叫人恼火！我不甘心，姑且便先听你的。”

“祝你幸运。那么，就此别过——毕竟我还在旅行途中。”

“改日再来这里吧。下次——下次必尽礼数，以重建后的国家，举国迎接你的光临。我们约定吧。”

对于公主的话，骑士只是点点头，没有回答。

最后，骑士甚至没有把藏在兜帽里的脸露出来，就飞奔着离开了这个混乱的地方。

——飒爽如风。

*

“哎呀，幸亏没有出事……”

停泊在港口的航船的甲板上，ED的嘟囔夹杂着一丝叹息。这里只有我和他两个人。

如果是从港口看向我们，应该只会觉得我们是旅行者在眺望港口，寻找着姗姗来迟的同伴的身影吧。不，事实的确如此，但是……

“说实话，我不知道应该如何回应。”我摇了摇头。

那时，身处广场上的我们目睹了一切。但是，我很难将那种状况形容为“没有出事”。

“那就是所谓的‘风之骑士’。嗯，那种程度对他来说并不稀奇。”

说起来倒是容易。我只能回答一句“行吧”。对于那种状况，ED已经习以为常了吗？怪不得事情结束后，他就说要马上返回港口。我当时一脸茫然，几乎是被他拉着来到这里。

少校还没有到港口来。

“不过，这次我还是挺着急的。”ED任由海风吹拂着脑后的头发，喃喃道，“毕竟……公主当时的状况是千钧一发啊。”

我点点头，ED却苦笑着摇了摇头。

“不不不，我不是这个意思。我是担心希斯那家伙，因为太走运了。”

“太走运？”

我愣了一下。那种状况，哪里称得上“走运”呢？不是费了一番功夫吗？

“是啊，要是搞不好，希斯就成为这里的国王了。因为公主好像差点就爱上他了，幸亏他迟钝得很，不了解那些情爱之事，最后才勉强得救。唉，真是太险了。”ED一本正经地说。

我以为他在开玩笑，但是他的表情却丝毫没有开玩笑的意思。

“我不会让他委屈在这种地方当国王。他必须肩负起和全世界打交道的职责。”

我听到他轻声说出这句话。

我不由得一时语塞。

因为我知道ED是认真的。

这么说来，少校在评价ED的时候，也说过“我是不会让他被杀死的。对于今后的世界来说，他是必不可少的人才”之类的话……

这两个人，互相隐瞒着对方，到底在谋划什么呢？我觉得脑袋里乱成一团，于是停止思考，和ED一起看向港口。

就在这时，扛着行李的少校出现在远处的通行证受理处的门口。我们向他挥手，他也向我们挥手。

前方的路途还很长，我们的旅程仍然在继续。

# 第三章 水面的另一边

a case of dragonslayer

# 1

如何才能杀死一条龙呢？

以目前的魔法技术，无论使用什么方法，都不可能打破龙的强大魔力。

克里斯托夫少校提出这样的疑问：是否正在秘密研发划时代的新技术，只要使用该咒语就能杀死龙呢？面对他的疑问，战地调停士马克威斯尔只是一笑置之。

“作为一名穿梭于战场并多次面临危机的战士，这个意见很有你的风格。但是，基于我的立场，我可以保证这种技术并不存在。如果这种技术存在，肯定会优先用于某个战场。在用于杀龙之前，当然要在更有效果的人类身上做试验。而且，所谓划时代、有独创性的新技术是不可能存在的。完成一项技术，需要经过几个阶段。在某个阵营逐渐成形的技术，只要不是经济或熟练度的原因，就同样可以在其他阵营实现。即使无法投入实际使用，至少技术原理也会共享。但是，现在就连七海联盟也没有针对这种足以杀死龙的魔法技术进行讨论。因此，龙肯定不是被魔法杀死的。”

“那么，魔法以外的方法呢？”我提出这个问题，战地调停士就回答:“确实准备往这个方向考虑。”

“不过，说实话，这个方向是个泥潭，不适合像这次这种需要逻辑证明的案例。将一只脚踏入怪异现象，是无法说服所有人的。”

“但我们必须考虑这个方向。因为，龙被杀害是事实。”

“莱泽女士，我知道你的头脑很灵活。但是，考虑这个方向会遇到很多状况。我是这方面的专业人士，所以很了解。”

“专业人士？”

“是的。我并不是一年到头都在调停战争，而是另有本职工作。我是一名研究人员，针对这个问题——‘界面干涉学’的研究人员。”

*

于是，我们来到了作为情报交换的场所——港口城市穆・马凯米特，它似乎在特殊行业人士中间很有名。

这里看起来就像一个平凡的乡村港口，风景恬静，很难让人相信这里会和特殊行业有任何联系，我感到有些失望。

街上行人稀少，尽管离海很近，空气却很干燥，让人感觉有些荒凉。但是，街道干净整洁，让我不禁认为这里很适宜避暑。

ED 似乎对这个地方很熟悉。“这边。”他说着，带领着不知所措的我和少校来到一条狭窄的小巷里。

但是，ED 带我们来到的目的地，是一栋普通的建筑物，外部装饰得很高雅，绝对没有任何可疑之处。

ED 毫不犹豫地按响了门上那装饰成猫咪模样的门铃。

然而，没有回应。

我和少校茫然地站在原地，ED 不为所动地等待着，并没有再按一次的打算。

等了将近一分钟，“砰”的一声，门打开了。看到从门后的阴影里探出头来的人，我有些吃惊。因为那个女孩怎么看都只有十四五岁。

“怎么是你呀，爱德华兹。”

女孩的语气极为生硬，但因为她的声音非常甜美，所以反倒没有显得冷漠。不过，ED 却显得有些为难。

“真冷淡啊，索尼娅。我不是让你叫我 ED 吗？”

那个名叫索尼娅的女孩却哼了一声。

“我才不要呢，真恶心。”

她的措辞仍旧尖酸刻薄，但还是显得很可爱，我忍不住笑了。于是，女孩瞪着眼睛，看向我和少校。

“那么，这两个危险的人是怎么回事？”她问。

大概是看到了我们挂在腰间的剑吧。

“我们是……”

“是朋友。”

我正准备回答，ED 却打断了我。

“真没想到你这种心理阴暗的家伙居然会有朋友。”

索尼娅盯着ED，露出嘲讽的笑容。然后，她的表情又变得严肃起来。

“所以你是来销售？还是来收购？”

“只是来买东西。最近忙于副业，素材都搞不到呀。”

“总是顾着赚钱的话，你就只能当二流了。”

“我知道。”

“算了，进来吧。”

索尼娅从门后的阴影里走出来，打开门。

“谢谢。”

ED马上就进去了，我和少校面面相觑，有些不知所措。就在这时，索尼娅对我们说：“怎么了？按照爱德华兹的作风，钱包在你们手里吧？要是没钱就一切免谈啦。”

少校小心翼翼地问：“呃，恕我冒昧，请问你们这里是做什么生意的？”

“不做生意，只做学术研究。”索尼娅立刻用轻蔑的语气回答。

“呃，研究吗？”

少校和我对视一眼，只好跟着索尼娅走进了建筑物。

内部装修也显得很整洁，只是有种奇怪的不协调感。

这股味道……是什么？

总觉得有股奇怪的油腻味道。

然后，在索尼娅的带领下来到沙龙，我和少校都惊讶得说不出话来。

沙龙里聚集着十来个男女，正在滔滔不绝地说个不停。一股刺鼻的气味扑鼻而来——原来是他们在吃类似油炸饼干的东西。

从外面看，明明就看不出这里有人在聚会——不，即使打开大门，也听不到他们说话的声音。

难不成是施放了阻隔声音的咒语吗？

我只能这么判断，不过，真的会这么费尽心思吗？

ED 已经加入那群男女之中，和他们一起展开讨论。

“所以说，那样终究会归结于克兰古尔塔克的第四假说。”

“谁知道呢？结果是马克西马现象的第三阶段会完全消亡吧。果然，对于金属关系没有半点提及，就是到达极限了。”

“不对，那是刻意舍弃的。金属关系实在太复杂了，要是过分拘泥于此，就很可能会忽视整体。”

“不遵循柯尼希定律和忽视细节的一般理论在这里是没有意义的。”

“倒也不是毫无意义，比如……”

接下来，就是一连串或许算得上深入浅出的比喻。我和少校站在旁边，只是不停地眨着眼睛。

我们无法理解任何一句话。我甚至怀疑，他们所说的，真的是人类世界的语言吗？

ED 偶尔会点头赞同，偶尔会插话，但是他所说的话，同样是充斥着我们无法理解的词语。

这是在交换情报吗？

然而，总觉得这群人似乎毫无防备。在玄关的对话中，好像有提到需要花钱，ED确实也说了“只是来买东西”。但是，这里究竟是在进行什么买卖呢？这不就是谈话而已吗？而且，我很在意的是……

为什么没有人问我们是谁呢？

有陌生人进入房间的时候，一般人都会有所察觉吧。但是，他们却表现得毫不关心，甚至没有向我们看过一眼。我们也无法把握自我介绍的时机。

这时，待在角落里的索尼娅走了过来。她轻声对我们说：“要不然，你们上楼去吧？大家很在意，都没办法畅谈了。”

“咦？”

他们在意吗？怎么回事？他们不是连看都不看我们吗？

“呃、嗯，就听你的吧。”我轻声回答。一脸苦涩的少校也点了点头。

“从那边的楼梯往上走，马上就到了。”

“唉……”我们按照吩咐来到走廊上，一起叹了口气。

“那是怎么回事？”

我问少校，他摇了摇头。

“真是莫名其妙。”

“不过，ED先生似乎很熟悉这里。”

“那家伙是这里的常客吧？我是第一次来这里。虽然早就知道他在搞什么界面干涉了，但没想到会这么奇怪。”

“唉，是这样啊。”

我感到很意外。原来这对搭档并不是形影不离。仔细想想，他们从事的职业完全不同，这样也很正常，只是不知为何，我会觉得他们总是一起行动。

按照吩咐，我们从楼梯往上走，来到了预想之中的房间。

“哇！”我们又不约而同地屏住了呼吸。

房间里摆满了奇怪的东西。全都是无法形容、连见都没见过的东西。从大到小，填满整个房间的不是稀罕的东西，而是彻底有别于我们生活的异物。

我拿起手边的一本书，书上也是些来路不明的记号，看着就让人头疼。我合上书，轻声嘟囔。

“这些就是界面干涉学的‘研究对象’吗？”

“真的吗？这些全都是吗？”少校皱着眉头，喃喃自语。

“总觉得……这种东西，不会是什么人编造出来的吧？”

“很难说……”

我也不禁说出这样的话来。在踏上旅途之前，提出这个可能性的人是我，现在我却开始怀疑自己当时是否说了一番蠢话。

## 2

界面干涉学。

那是针对在世界各地发现的不明物体，探寻其由来的一门学问。那些物体显然都是人造的，而且不知道为何会被制造出来。

较为有名的是带座位的四轮汽车，它由各种极为精细的复杂合金零件装配而成，但是该合金的硬度要远远低于我们的精炼剑。而且，车身没有注入魔力的地方特别沉重，根本不知道要如何开动。此外，从零件到橡胶制成的车轮，都精密得毫无破绽，任何国家都从未制造过这样的东西。

人们只能认为，世上存在着难以置信的东西。而且，它们未必都是很久以前的旧物。

这些在山里发现或从海里捞到的令人难以置信的东西，有些似乎没什么意义，有些却堪称奇迹且数量不容忽视。因此，大约在一个世纪前，在天才魔导学者奥斯・克兰古尔塔克博士的提倡下，随着论文《对多重邻接世界及其相互关系的研究》的发表，界面干涉学就作为研究这类物体的一门学问诞生了——以上是我知晓的基本概况。

但是，我不知道这门学问具体在进行怎样的研究，进展又如何。

只是——一条龙被杀死了。面对这种非现实的情况，基于非常识的学问展开探讨，应该是有效的。龙在魔力方面也许无敌，但如果要面对界面干涉学的未知攻击，也许它也会无能为力。虽然我之前是这样考虑的，但是……我的设想，是完全落空了吗？

正如人们的普遍认知，奥斯・克兰古尔塔克博士只是一个骗子吗？

看着摆放在房间里各种乱七八糟的东西，我难免产生了这样的想法。

例如，这里放着一把剪刀。确实，它的刀刃就像一把剑，形状也很有趣，但如果有人说“因为这把剪刀没有施放切割魔法的地方，所以它非常神秘”，我就会忍不住想，不就是某个工匠为了节约魔力而试制的新产品吗？

“这到底是什么东西？”

少校手里拿着的东西，就像是一个单手就可以握住的把手上长出了一根筒子。把手和筒子之间，还有些杂乱的装置。

“这是用来做什么的？这根筒子有什么意义吗？这个看起来像是扳机……”

“如果要研究这种东西，又不显得那么莫名其妙的话，可能就会很无聊了……”

“在我看来，这不过是有钱人打发时间的方式。”

“对不起……”

“啊？”少校不解地看着我，“你为什么要道歉？”

“因为提出界面干涉学的是我。”

“你、你在说什么？带我们来这里的是马克威斯尔。”

“但是，那是因为我说了多余的话。”

“没有那回事！你只是提出了可能性，这是理所当然的！”

少校似乎有些生气。但是，听他这么一说，我的火气也上来了。

“不，是我不好。都怪我，才会浪费宝贵的时间！”

“这人怎么不听劝呢！你要这么说，就是没有阻止马克威斯尔来这里的我不好！”

“不！是我！”

“是我！”

等回过神来，我们才发现自己正冲对方大声怒吼。意识到这点的我们脸一下子就红了，随后不约而同地笑了起来。

“我们真像傻瓜……”

“哈哈哈，你说得没错。”

少校还拿着那根带把手的筒子。他一边晃着筒子，一边不好意思地挠了挠头。

“不过，总觉得有些怀念。以前，我就经常和你这样吵架。”

“是啊，那些日子很快乐。”

那时候，我还抱着为世界和平而努力的希望，时至今日我仍觉得这份希望很宝贵。现在的我，的确在从事相关的工作，却也知道了其中的各种内幕。那些绝对不是有梦想和希望的东西。

“现在的我……好像变脏了。”

“没有的事。至少在我看来，你的眼睛还和当时一样。”

“那是因为你还和以前一样，所以才会这么想。”

我有些难受地说。那是一面无法逾越的墙壁。但是，少校又生起气来。

“你都说的什么话啊？！”

“你就说，我有哪里不脏了？抱歉要打破你的幻想，但和以前相比，我已经改变了很多。”

“或许你的身体是长大了，但我说的是，你的内心还和以前一样。”

“内心也变了！倒不如说，利斯卡瑟，没有改变的人是你才对。”

“我变了！你是不知道我经历过什么，所以才能说出这样的话来！”

“我是不知道呀！可是你也不知道我经历过什么吧？！”

我们又开始朝对方怒吼。这时，旁边传来了咯咯的笑声，我们都吓了一跳，扭头看过去，随即惊得瞪圆了眼睛。

“你们的关系真好，彼此之间毫不客气，不愧是爱德华兹的朋友。”

那名妇人看上去有二十多岁或三十出头，虽然显得很年轻，但是给人一种看不出年龄的感觉。房间的门一直开着，她不知何时就进来了。

但是，问题不在于此，而在于那名妇人的脸上——

“呃，请问，你是……”

那名妇人的脸上戴着一张面具，尺寸要比ED的面具小了一轮，但基本上是同款设计。

“我叫纳尼亚·明卡弗里奇，是这家旅馆的主人。”

说着，她摘下面具。我又吃了一惊。

因为那张脸和刚才的索尼娅几乎一模一样，仿佛那个女孩在眨眼之间长了大约二十岁，让人感觉非常奇妙。当然，这是不可能的，换句话说……

“请原谅索尼娅的说话方式。也许是因为没有父亲吧，她不愿意向任何人低头。”

“你是……她的母亲吗？”

见妇人低头致歉，我连忙行礼致意。少校同样这样做。

这时，纳尼亚女史又轻声笑了起来。

“真有默契呀。”

“啊，不，不是这样的。”我和少校都莫名其妙地慌了神。

“那么，风之骑士大人、特务士官大人，今天来到这里，是为了执行什么任务呢？”女史轻描淡写地问。

进入这栋建筑物后，我们一次都没有说过自己的名字，想到这里我不禁沉默了。于是，女史解释道：“关于风之骑士大人，我是早就从爱德华兹那里听说了，至于你呢……”

女史把目光投向我。她的眼睛好像在笑，眼底里却毫无笑意。

“是因为有那种感觉。你应该来自卡塔他或希西巴尔附近吧？”

“我叫莱泽·利斯卡瑟，是卡塔他的上尉。”我坦率地回答。

总觉得对她隐瞒是行不通的，况且要是因此无法获得情报就得不偿失了。接着，少校也自报姓名。

“我是希斯罗·克里斯托夫，七海联盟的派遣少校。”

“真是太客气了。哎呀，好久没见过这样有绅士风度的客人了。”

女史又咯咯地笑了起来。真是个爱笑的人。

“请问，你和马克威斯尔是什么关系？”

“哎呀，爱德华兹是我们的老客户。我凭爱好开办的装饰品制作商店，也是他在光顾哦。毕竟很少会有人买面具。”

“这么说……原来是你在给他制作面具吗？哈……”少校佩服地叹了口气。

“是的。而且——他是我丈夫的仇人，也是索尼娅的救命恩人。”

女史说得如此简单，我们一时间都没听明白那是什么意思。

“啊？”

“哎呀，人都会有各种各样的过往嘛，就像你们刚才说的。那时候，他还没有戴面具，所以脸上是缠着绷带的哦。”

女史再次笑了起来。

“让我们回到买卖的话题上来吧。你们是为了寻求什么样的情报，才会来到‘水面的另一边’呢？”

“啊，这个要 ED 先生……”

“他那个人呀，就算知道什么，如果不确定，就不会告诉你们吧？”

“那倒也是，那么……”

我瞥了一眼少校，他点了点头。于是，我直截了当地发问了。

“这里是界面干涉学的世界性权威聚集的场所，所以我才会提出这样的问题……这门学问的研究成果之中，是否存在一种手段，可以发挥出凌驾于魔法的战斗能力呢？”

“这个问题，具体指的是怎样的局面呢？”

“呃……例如，如果运用界面干涉学，有可能杀死一条龙吗？”

一般来说，人们会因为这个举例过于离奇，而将我的上述提问理解为一个基于极端案例的问题。但是，女史甚至没有露出笑容。

“这样啊，我不知道龙是什么样的存在，所以这个答案只是猜测——”说到一半，她突然盯着少校的手，“可以让我借用一下吗？”

“啊，好的，不好意思。”少校把刚才仍然拿在手上的带筒把手还给了女史。

“谢谢。”

女史优雅地拿起那东西，摆弄着上面的装置。

“这是爱德华兹正在研究的东西之一，通过对各种资料的解读，他将其称为‘手枪臂’。不过，他似乎也无法确定这东西是用来干什么的。”

女史一边拿着那个叫作“手枪臂”的东西，一边将手伸向前方。

在她扣动扳机的瞬间，爆炸声响起，装饰在房间里的一座雕像也随之灰飞烟灭。

“哇！”

我和少校惊叫起来，女史却满不在乎地说：“我知道这东西可以这样使用。因为这个装置里的汽缸装满了能点火爆炸的药品，所以这东西可以发射像袖珍大炮似的子弹。”

“这、这是武器吗？”

“爱德华兹说不是。实际上，或许只是因为他讨厌武器，所以才这么说吧。不过，这确实是可以用于破坏的东西。界面干涉学中，就有很多类似的无法确定用途的东西。”

“你的意思是，其中还会有预想不到效果的东西吗？”

“可能是这样，也可能不是这样。就拿这个手枪臂来说……”

女史再次扣动了扳机。就在我以为子弹会击中这次被瞄准的雕像时，施放在雕像上的反弹咒语却瞬间生效了。只见子弹先是停在半空中，然后掉落在地板上。

“就像这样，对于有某些相应魔力生效的东西是无能为力的。”

“你的意思是，能够突破魔力进行攻击的东西，在界面干涉学中是不存在的？”

“不，还没深入到那个地步。这也是爱德华兹坚持手枪臂不是武器的原因之一。这些东西需要耗费大量的劳力，却没有任何对应魔力的装备，这点确实很奇妙，也不符合逻辑。不过，我倒是认为没必要用逻辑思维去考虑这门学问。”

“这样啊……”

“这门学问，就应该带着梦想去探索。你们不这么认为吗？”

接着，女史拿着手枪臂，开始用优雅的语调讲课，就像在唱歌一样。

“这些物品是来自不同于这里的异世界的漂流物，所以我们首先应该去联想，那个世界的人们在考虑什么事呢？他们在吃什么样的东西呢？他们会度过和我们同样的人生吗？或许他们已经找到了更轻松的生活方式？如果他们和我们长着同样的面孔，有着同样的名字，只是那个世界的文明形态有所不同，那么，他们——我们，也会产生同样的想法——‘如果有其他的世界，那里的人们会如何生活呢’吗？思考这些事情是非常快乐的。界面干涉学就是这样的学问。所以，我才会称之为‘水面的另一边’。它就像倒映在水面上的风景，比镜子更虚幻，一伸手就会像波浪一样消失……但是，在那里不断延伸的世界，确实就在我们的心中。”

“原、原来如此……啊！”

我恍然大悟。只是为了把这些告诉我们，这个人就破坏了一个雕像吗？

“那、那个雕像……”

“咦？啊，你不用担心那个。”

纳尼亚女史笑了。

“因为那是失败之作。我本来想立刻把它砸了，不过一想到会像这样派上用场，就把它留在那里了。我的性格就是不会白白浪费东西。”

女史拿着手枪臂，得意地笑着，她的逻辑果然有些奇怪。

但是——果然……

在这里也找不到决定性的行凶手法……

要是对魔力不通用的东西，是不可能和龙抗衡的。大概 ED 也知道这一点，所以才对来这里的事表现得不太积极吧。

正当我和少校垂头丧气的时候，传来了上楼的声音，接着就看到索尼娅和ED探出头来。

“啊！我就知道是因为母亲大人！我已经说过很多次，在家里‘不要开枪’了！”索尼娅看着地板上粉碎的雕像，发出一声惨叫。

“可是，我必须给这两位做一个简单易懂的说明，这不是没办法嘛？”

女史的脸上是不为所动的表情。

“用嘴巴来说明不就行了吗？你真是一有机会就想开枪呀……”

索尼娅一边嘟囔着，一边捡起散落的碎片。真是个认真的孩子。虽然长得一模一样，这对母女的性格却截然相反。

“你们已经听说了吗？”ED问道。

我们沮丧地点点头，他也耸了耸肩。

“非常遗憾，我这边目前也没有符合条件的新发现。”

“哎呀，爱德华兹，今天没有销售，只有采购吗？那样要花不少钱哦。”

接着，女史说出了金额。仅仅是闲聊和倾听就要支付那种无法想象的天价，这种猖狂无理的行为让我和少校瞪圆了眼睛。

但是，我也渐渐明白了……因为这里是沙龙。在其他地方会被人忌讳和质疑的界面干涉学，在这里却可以理所当然地进行讨论，这本身就是目的。这种稀有成就了它的价值。既然是“销售”行为，向他人提供情报的人会获得相应的报酬，而且这方面的事务由这对母女全权管理，沙龙的参加者都假装没有注意到这件事，还认为这是情理之中。

闲来无事搞研究的有钱人的想法就是如此复杂——我也只能这么说。

ED听了金额后，平静地说：“抬头请写七海联盟。嗯，那么……”然后，他露出了认真的表情，“让我们回到原本的目的吧。”

“咦？”

我不由得愣住了。原本的目的？这是什么意思？我们就是来调查界面干涉学中是否有杀死龙的方法。除此之外，还有什么目的呢？

“纳尼亚，你现在还和扎伊拉斯侯爵家有来往吗？”

“嗯，当然。”

两人刚说到这里，索尼娅突然插嘴说：“不行！母亲大人，你究竟在说什么？！”

“可是，我说的是实话呀。”

“我们跟那种地方没有半点关系！我们是在认真做学术研究！”索尼娅无视母亲的话，冲着我们怒吼。

关于扎伊拉斯侯爵，我也是知道的。他是过去被毁灭的国家——雷里希的旧统治者家族唯一幸存的末裔。

说是侯爵，其实他并没有获得任何一个国家的爵位，只是擅自以过去的身份自称而已。不过，这个侯爵家族在国际局势的背后很有名。因为他们是情报贩子，还总是不知道从哪里挖到能在国家间的谈判中发挥决定性作用的情报，然后以天价出售给相关国家。我也只是知道他的名字，并没有实际来往。

“不，索尼娅，你别误会。”ED有点慌张地向她辩解，“我不是要你们把我引荐给扎伊拉斯，只是希望你们给我看看‘地图’。”

“‘地图’？”

少校无法跟上谈话的节奏，有些不知所措，我却是听明白了。那一定是指扎伊拉斯侯爵家每半年发行一次，精确地记载着世界势力平衡的《为国王和叛徒准备的地图》。据说只要把它出售给店家，就能获得足够用一辈子的金钱。

“你究竟想知道什么？”

索尼娅用怀疑的眼神看着ED。

“我想知道每一条龙的所在地。很多关于龙的传说都虚无缥缈，可信的就只有‘地图’。”

这时，女史插嘴道：“爱德华兹，刚才我也听这两位说过了……你是打算对龙做什么吗？根本不会有胜算哦。”

“不是这样的，我就跟你们老实说吧。”

ED滔滔不绝地讲述着即将在罗米亚萨卢斯签订停战协定的事。唯独没有提到，那条龙已经死了。

“所以，我们必须了解龙的事情。要是发生不测，停战协定就会告吹，因此我必须先和其他的龙见面，探究龙的心理。”

“原来如此，所以你们才会来问杀龙的方法。”

“从势力抗衡的观点来看，这是有必要的。我们必须保护龙的生命。”

听到这里，女史笑了。

“就算没有人保护，龙也是所向披靡的庞然大物，这个世界上是没有东西能够杀死一条龙的。你们还真是爱操心。”

“你们真傻，这就叫杞人忧天。”

“但愿如此。”

听着ED和这对母女的对话，我和少校的表情变得越来越阴郁。

因为，即便如此，龙还是死了……

3

据说那对母女曾经被卷入某国的内乱。

“索尼娅的父亲——明卡弗里奇先生是驻留在该国的大使，那对母女在内乱时被扣押为人质。后来，内乱以反抗势力的胜利告终，我被派去处理战后协定。那是我作为战地调停士的第一份工作。革命政府的人都表现得杀气腾腾，毕竟他们和贪婪的统治者也积怨多年了。尽管如此，将这份怨恨发泄在曾经和统治者有过交流的他国大使，甚至其家人等平民身上，显然是过分了。最后他们还将那些人质当作挡箭牌，向其他国家提出无理的要求。然而，他们不知道的是，在全世界的黑道都有脸面的扎伊拉斯侯爵家的一名末裔——纳尼亚，也混入了这个家庭。一直以来，她都过着和普通人一样的生活。”

我们已经上了船，在前往下一个目的地的途中，ED 向我和少校进行说明。

扎伊拉斯侯爵家曾经所属的国家雷里希，极其擅长培养和任用暗杀者，甚至被称为“暗杀王朝”，而且这种传统至今仍然在延续。说起雷里希的暗杀者，那就是“必杀”的代名词。

为了救出被囚禁的母女，侯爵家的魔爪奉命展开行动，哪怕是把其他人都杀光也在所不惜。

“但是，这样一来，事后的世界就会变得很糟糕。既然所有人质被杀，其他国家当然会采取报复行动。而且，是同一时间，在多地发生。显然，随之而来的就是一场混乱的大型冲突。所以，知道内情的明卡弗里奇先生，悄悄地把这件事告诉我，希望我设法阻止。”

ED 低下头。

“我被吓得不轻。毕竟我根本没想过，事态会变得这么严重。但是，这件事绝对不能泄露出去。我急忙去安抚革命政府的人，但他们早就动了杀心，谈判是指望不上了。别无选择，我只能采取粗暴的处理方式。因此，我提议让他们抽签……”

ED 在这里叹了口气。

“我也觉得当时真的太乱来了。简单来说，就是让人质抽签，抽中的人继续囚禁，其他人会被释放。作为回报，七海联盟会支付一定的赎金。‘所谓抽签，就是命运。莫非你们没有得到命运的眷顾吗？’这样一说，那群血脉偾张的家伙反而就听话了。不过，这其实是一场骗局，因为签被做了手脚。从一开始，明卡弗里奇先生就设计好了，所以只有他会抽中。他和我是同谋。他说，万一被妻女抽中就坏事了，不如就设计成让他来抽中。他既有真正的仁慈，又非常勇敢。然而，抽签结束后，革命政府很快就爆发了内乱，他受到牵连，失去了生命。死亡真是太不讲理了……”

ED抬头看向天空。

“明卡弗里奇先生拜托我照顾好那对母女，所以我才会建议她们，把那个界面干涉学的沙龙给经营起来，因为她们也说不会回到扎伊拉斯侯爵家。但是，在那对母女的眼里，我仍然是把她们的丈夫和父亲送进坟墓的可恨的人。”

这些沉重的说明，让我和少校陷入了沉默。过了一会儿，少校才小心翼翼地说:“但是——但是，那两个人不是已经原谅你了吗？确实，索尼娅的态度仍然有些生硬，但纳尼亚女史……”

“不，恰恰相反。那对母女并不知道我们对签做了手脚……要是她们知道了，纳尼亚女史才绝对不会原谅我。所以，我还是没办法把真相，没办法把她们的丈夫和父亲——那个人真正的勇气告诉她们。真是太没出息了……”

ED不住地摇头。

像往常一样，他的嘴角泛起了有些冰冷的自嘲的笑容，他的眼睛——因为他低着头，所以我看不见那双隐藏在面具阴影之下的眼睛。我不禁认为，尽管他总是挂着一张笑脸，但那不是真正的微笑，说不定——

纳尼亚女史说过:“在水面另一边的世界里，或许人们已经找到了更轻松的生活方式吧？”

但是，我们仍然只能在这个世界里继续生活下去。即便是现在，如果我们无法解决这次事件，成功进行战争调停的话，明卡弗里奇先生的悲剧还会以成百上千人的规模重演。

尽管我们有许多感慨，这艘船仍然如常地在海上前进。

骗局吗……

我移开视线，看着船的前进方向。

这趟旅行没有半点闲暇的时间。在前往从那对母女口中得知的活着的龙的所在地之前，我们必须先去另一个目的地。

我们必须在那里设下一场“骗局”。

是的，为了见到杀龙事件的嫌疑人之一——“海贼首领”，这是无论如何都要完成的任务。

# 第四章　海贼之都

a case of dragonslayer

## 1

索基马·杰斯塔尔斯岛——虽然叫这个名字，但实际上它并不是一个岛屿。

将七艘大型船舶横向排列在一起，然后把锚固定在海底，再在上面架起桥来连接每一艘船，索基马·杰斯塔尔斯岛就是这样一座不属于任何国家的“水上城市”。它位于内海中央，在大国领海线的夹缝之间，以独立经营的形态，接待来自各国的观光游客。

在治外法权下，这里可谓应有尽有。

剧场、面向男女客人的妓院、捕猎海蜥蜴的设备、酒馆、美食、购物、迷幻药、引起精神亢奋的咒语……总而言之，哪怕在某些国家被绝对禁止的事情，在索基马·杰斯塔尔斯岛也可以做到。因此，人们都把这里称为“海盗之都”。实际上，据说往前数两代的首领——最初建立这个地方的印加·穆甘杜一世就是一名货真价实的海盗，所以才有雄厚的资金来建造这里。凭着“百无禁忌”这点，这里确实无愧于“首都”之名，不过，这里最引人注目的，还是对赌注不设限制的赌博行为。

*

“呃……咕……”

格奥尔松是名落魄的军属魔导师。

他曾经官至参谋，现在的工作却是在赌场监视是否有人用魔法作弊，他已沦落为一个微不足道的流氓。说是工作，其实他总是在赌场的角落里喝得烂醉，偶尔感知到哪个没见过世面的傻瓜试图用不熟悉的咒语来操纵骰子时，就报告给那些可怕的幕后人员，仅此而已。这样赚到的钱，就足够他每天去买酒喝了。

“噫、嗝……咕……”

而且，反正他也不能离开这里。在祖国，他被指控为叛国罪，只要从享有治外法权的“海盗之都”踏出一步，他就会立刻被逮捕，面临被送上断头台的命运。

“嗝……全都是一个样。”

格奥尔松坐在吧台的角落，环视着赌场。

有些人随着旋转轮盘的数字变化而喜忧不定，甚至连眼睛的颜色都变了。有些人的手牌谈不上有多强，却为要加注还是换牌而苦恼不已。有些人输得一塌糊涂，明明合计起来还在亏本，却因为小赢一回就欣喜若狂。

所有人都和以前的他一样。区别只在于这些人身处的是这种可疑的地方，而他身处的是获得公认的军事阶级社会，所作所为则根本没有区别。以前的他也是这样赌个不停，只要获得一次小小的晋升或指挥权，就立刻把它们用于下一场赌局。今天追随这个将军，明天就巴结其他的掌权者。如果一切顺利倒也好办……

“输得太多，把本金用尽，这人就完了。不管在哪里，都是一个样……”

格奥尔松一边喃喃自语，一边小口地喝着酒，不让任何人靠近自己。偶尔起身就是发现了作弊的人的时候，要悄悄地向赌场的主管报告，完成这份工作。对于长期接触军用魔法的他来说，那些作弊的咒语都是骗小孩的把戏，所以赌场也不会立刻揭发作弊行为，而是尽情利用这些老千，先让他们把其他客人的金钱都赢过来，等累积到一定程度，再从他们身上抢个精光。

就在刚才，这种可悲的牺牲者，又增加了一名。

唉，真是愚蠢的家伙……

他当然没有把这句话说出口，只是在一个稍远的座位上坐下来，瞥了一眼那个作弊的家伙。

那是一个女人，一个年轻的女人。女人在这种地方并不罕见，她却戴着面具，隐藏自己的真实面目。此外，还有两个像是同伴的男人跟在她的身后。这两个人也戴着面具，其中一人从行为举止看来应该是一名骑士。大概是她的保镖吧。

女人玩的是极为简单的骰子游戏——在荷官掷出的点数和自己掷

出的点数的大小比率上下注，概率越低，赔率就越高。

至此，她已经连续七次押中高赔率了。

“开始。”

脸色有些发红的荷官再次投掷骰子。他掷出的点数不上不下，对于后手的女人来说绝对谈不上多么有利。围观的人们都屏住了呼吸。

“我要下注。”

女人干脆地回答，毫不犹豫就把大量筹码押在最高的点数上，并以优雅的手势掷出了骰子。

理所当然，她又一次押中了。荷官发出微弱的叹息，脸色也变得青一阵红一阵。

格奥尔松偷偷地笑了。

女人在利用操纵空气的咒语作弊。她认为骰子和投掷骰子的赌桌肯定会有针对咒语的对策，对此有所防备吧。所以才会自以为是地利用赌场方面的盲点——通过调整投掷时的空气阻力来操纵骰子的点数。

但实际上，无论是骰子还是赌桌都没有采取任何防护措施，因为这是个圈套。从赌场的角度出发，表面上是不能设局从客人那里骗取金钱的，所以他们才会让客人作弊。

这里可是海盗的赌场啊，小姐。哪能让你赢得这么轻易？

就在他笑着观看的时候，女人已经押中了好几次高赔率，开始沾沾自喜了。虽然她配合面具，表现得面无表情，但是内心肯定在欢呼吧。

是时候了……

这么想着，赌桌那边果然产生了魔力。随着消除咒语被激活，所有的魔法都会失效。这是格奥尔松设置的机关，他曾经在某国防卫机构的中枢部门工作过，区区一个外行小姑娘，怎么可能突破这个机关呢？

“开始！”

荷官投掷骰子。这次的点数对于客人是有利的，观众们向女人投去的目光仿佛在说：“你会怎么做呢？”他们都在预测，女人当然会比之前下更重的注。

“……”

然而，女人只是紧紧地盯着骰子。一动不动的时间比之前的任何一次都要久。

被察觉了吗？

难道她打算在这里收手吗？能做出这种冷静判断的人，从一开始就不会在这种地方赌博。无论如何，她都不可能放弃再赢一点的欲望。一定是这样。

身后的两名保镖正要稍稍探出身子，女人却抬手制止了他们。

“我要下注。”她平静地说，随后把赢到的所有钱都押上了。

傻瓜……

格奥尔松冷笑。又有一个冤大头要被宰得身无分文，然后被赶出去了。是的，就像他逃离祖国的时候一样。

女人的手把骰子掷出去了。它遵循着自然规律，不受任何操纵地滚动着。

太无聊了。

格奥尔松没看结果就站了起来，因为太不体面了。装模作样的女人将会露出本性，无视自己一直在作弊的事实，高声指责荷官作弊，然后歇斯底里地大闹一场。这样一来，赌场的警卫就会来制服她，把她撵出去。城市的周围都是海，如果买不起回程的船票，女人就要直接被送去妓院了。哪怕过去的生活多么奢华，栽在这里就只有凄惨的下场——

然而……这时从他背后传来的声响，却不是人们因为有意料之外的事情发生产生的声响。

“这都干了什么……”

听到有人这么说话，格奥尔松有些惊讶地回过头。只见骰子游戏的荷官怔怔地站在那里，脸色苍白如纸，没有半点血色。

怎么可能？格奥尔松一边想，一边看向赌桌。

骰子的点数，恰好和女人押的点数一致。

但是……但是，这不可能啊！明明已经不能用咒语作弊了……

在这期间，女人已经把下一局的筹码放在了赌桌上。

荷官只好颤抖着双手，继续投掷骰子。不过，他掷出了相当好的点数。然而这时，意想不到的事情又发生了。

“这局放弃。”

女人干脆地认输了，然后把下一局的筹码放在赌桌上。在这之前，她没有放弃过一局，为什么现在才……这么想着，下一局又是女人轻松获胜。不过，那不是突如其来的胜利，而是稳扎稳打的胜利。

难、难不成这家伙？

不，只可能是这个理由。女人从一开始就知道赌场设下的圈套，所以才会将计就计，让赌场放松了警惕。她本来就不需要使用咒语作弊。作为证据——

“我要下注。”

说着，女人投掷骰子，结果又和她押的点数一致。

这家伙能用手指来控制骰子从而掷出她想要的点数！

但是，她并没有能力完全做到这一点，应该只能掷出偶数或一到三的点数。不过，做到这种程度就已经很了不起了。为了对抗这类专业人士，赌场每天都会更换骰子。那是因为，即使用同样的方法来投掷骰子，只要重量和平衡稍有不同，掷出的点数就会发生显著变化。但是，从刚才开始，女人就已经在作弊的伪装下，完成了多次的“练习”。

而且，资金也赚到手了，接下来就只需要确保资金稳定增长——女人从一开始就是这样打算的。

“……”

在格奥尔松哑口无言的时候，女人仍然从容地继续着赌局，筹码也堆得越来越高。在女人的身后，一个看起来莫名地适合戴面具的保镖“咻”地吹了一声口哨。“别这样。”另一个看起来很强壮的保镖这样说着，用手肘碰他。女人的状态，只能用“游刃有余”来形容。

格奥尔松转身走向里面的员工洗脸台。

“喂，情况怎么样？”途中，筹码管理员这样问着，慌张地向他跑过来，他却像要抗拒这种情况似的，抓起放在旁边的褐色瓶子，把里面的蓝色液体灌进喉咙，然后一口气把胃里的东西全都吐到水槽里。呕吐物散发着一股浓烈的酒味，格奥尔松擦拭着嘴角，脸上已经没有半点醉意。

开什么玩笑……哪能被人这样看扁了？！

格奥尔松快步回到刚才的地方。

和女人对局的荷官已经站不稳了。即使是赌博，他和对方的立场也相差太远了，在精神上完全被逼到了绝境。

格奥尔松轻声念出咒语，荷官的眼睛就突然失去了焦点，整个人昏倒在地上。

观众们正要吵嚷起来，格奥尔松就站到前面来，当众宣布道：“哎呀，这家伙好像累了。那么，就让我来代替他当荷官吧。”

他的态度非常坦荡，观众们都不敢出声。

“小姐，你看可以吗？”

“嗯，当然可以。”女人微笑着说。

赌场的警卫抬起昏倒的荷官，走进里面消失了。格奥尔松和女人隔着赌桌面对面，连看都没看那边一眼。

格奥尔松瞪着女人，女人显得不以为意。

赌局开始了。

格奥尔松当然不会在这里听之任之——也就是说，他打算用魔法作弊。他自己设置的消除咒语等机关，只要他认真起来就可以完全解除。他就是要毫不留情地把女人打得落花流水。

为了让女人疏忽大意，他还故意掷出个不算有利的点数。

但是这次，不知为何女人却只把微不足道的筹码押在最保险的地方。结果当然是作弊的格奥尔松赢了。接下来的赌局也是如此。

第三局也是一样。

连第三局都出现同样的结果，格奥尔松自然就意识到对方已经识破了自己的意图。尽管被逼到穷途末路，女人的脸上却没有丝毫焦躁的神色。

打算找机会结束赌局吗？我绝不允许这种事发生！

格奥尔松给骰子注入咒语，然后才把骰子交给女人。这样一来，她就会掷出必须返还十倍赌金的点数。因为他刚才已经掷出了无伤大雅的点数，所以女人会与他不相干地自取灭亡。

然而，就在这时候。

“我要下注。”

女人的赌注一改之前的小额风格，变成了全额下注。而且，在看清她下注的位置时，观众们一同发出了惨叫般的声音。不过，这与格奥尔松内心的叫声相比，就是小巫见大巫了。

因为出现十倍返还的概率只有几万分之一。如果押中，回报是很高，但是不中的风险当然也高得多，所以没有人会傻到在这种地方下注。

结果，观众席上再次掀起一阵喧闹，但格奥尔松只是默默地把筹码递给女人。

这时，女人的嘴唇微微颤动，没有发出声音。看到这一幕，格奥尔松轻轻地叹了口气。

“果然……”

格奥尔松的嘴唇也跟着动了起来。这是一种古老的无声对话术，在各国的军队都通用，正因如此，现在已经没有人在使用了。

刚才，女人就是用这种形式说：“谢谢你，格奥尔松参谋。”

“你……是军人吗？来自哪里的特务部队？”

“至少不是你的祖国，也不是敌对国家。”

“你来这座岛干什么？”

以赌场会作弊的猜测来参与赌局，这根本不是赌徒会想出来的战术。因为几乎注定会失败，危险程度极高，只有输了也无所谓的人才会采取这种做法。换句话说，对于女人来说，赌博只是附属品，她一定另有目的。

“我想见一个人。”女人回答。

与此同时，赌博仍然在进行，随着骰子的投掷，两人进入了下一局。这次，格奥尔松只是对骰子的重量平衡稍微进行了调整，确保掷出来的点数无法确定，就把骰子递给了女人，于是两人终于回到了胜负公平的赌博。

女人正常地下注，也正常地输了。

“想见一个人？该不会是——”

“没错。我有事要找你们的首领。”

接下来的一局，是女人赢了。

“别傻了。第三代首领平时在哪里都没有人知道。他躲起来是为了防止被暗杀，所以我们连他的长相都不知道。你突然跑到这里来，又怎么可能见得到他？”

“这些我都知道。但是，无论如何，我都要尽快和他见面。”

赌局在平静之中继续进行。女人的筹码既没有增加也没有减少。

“要喝点什么吗？”

一名褐色皮肤的美少年侍者走了过来，把盛放着玻璃杯的托盘送到女人面前，但她摇了摇头。

“不，不用了。我现在不想喝饮料，毕竟不知道会发生什么。”

女人说得很干脆，这意味着对于她来说，谨防被投毒相当于“常识”。格奥尔松不知道那名侍者提供的饮料里是否真的有毒，不过这些手段确实是这里的常规操作。

“你似乎已经做好了心理准备。”

“是的，毕竟是工作嘛。”

“可以把你的名字告诉我吗？反正你已经不可能用正常的方式离开这里了。如果要见第三代首领，就更不能隐瞒身份了。”

面对他平静的提问，女人也凛然地回答。

“我是莱泽·利斯卡瑟。”

*

我本来不想采取这种手段，然而别无选择。

毕竟对方是传说中的人物，是“海贼之都”的主人，黑道上的大人物——印加·穆甘杜三世。

虽然无法确定是否是本人，但是来见龙的人姑且就是这么自称的。因为没有线索，所以我们只能选择信任对方并来到了这里。此外，少校指出，在龙的面前，坚持使用假名或假扮成他人几乎是不可能的事。因此，那人就是本人的可能性极高。

不过，罗米亚萨卢斯人还真是……

我知道那里的人很封闭，不过原来他们就连著名的穆甘杜三世都不认识。当那个男人（至少可以确定是男性）坦然地自报家门后，他们只是收取了会面费，丝毫没有怀疑，就这样让他去见龙了。虽然不知道他到底有何种目的，但是这件事确实很可疑。

据说这座水上城市的首领喜欢赌博，而且作为代打，对有实力的人特别有兴趣。因为我接受过相关训练，也掌握了相应的技术，所以只能由我来执行这项任务。

如果我把赌场的这些人都打败，说不定穆甘杜三世就会现身。

但是——

我们没有多余的时间。这类作战一般都分几天进行，这是铁律。可以通过持续性的逗留给对方施加压力，但我们没有这样的余裕。说白了，可以自由支配的时间就只有今天这一天。况且，嫌疑人是全世界最大赌场的所有者，拥有相当于一个国家总预算的资产，这样的人真的会是杀龙凶手吗？答案是，他完全没有动机，几乎不可能是凶手。简而言之，因为ED想和见过龙的人见面交谈，所以这项任务的意义就在于满足他的上述要求。

因此，如果进展不顺利，也只会就此作罢。

话虽如此——

我一边随意地继续着赌博，一边注视着眼前的男人。

“开始。”

男人这样说着，开始投掷骰子。作为同行，我当然知道他——格奥尔松前参谋的事迹。所以，哪怕他现在落魄地生活在这样的地方，我也知道他的才干是货真价实的。

没想到要和这样的人一决胜负——在心里，我感到非常为难。

“我要下注。”

然而，我也不能逃避。虽然没有余裕，但是现在离预定时间点还有一段时间。如果不坚持等待目标人物的出现直到最后一刻，就不知道当初为什么要来这种地方了。

因为对方没有进行控制，我也难以进行预判，所以我掷出了在当前局面下并没有必要的绝对胜利点数。观众一片哗然。不过，因为我的目的不是赚钱，所以心里还是很苦涩。

“哎呀，太厉害了！”

乔装打扮（他戴着和往常不同的面具）的ED站在我的身后，漫不经心地轻声说道。我不禁想，他究竟以为我是为了谁才要做这种事啊？少校似乎意识到事情不妙，显得有些心神不定。

但是，我也不能随心所欲地故意认输。赌博的时候，一旦失去运气，之后就很难挽回。这就是我困扰的地方。

“气势很足啊。你是打算夺取这个赌场吗？”格奥尔松用无声对话术对我说道。

“哎呀，不敢当。我只是想见穆甘杜三世而已。”

我这样回答，但是我也感觉到，对方似乎一点都不相信我。

“你为什么想见第三代首领？”

“恕我无法回答。”

龙被杀害的事是绝对的机密。

“说不出要见第三代首领的理由，但又想见他，你倒是想得挺美的。”

确实如此。我这样想着，嘴边浮现出一丝笑容。

“有什么好笑的吗？”他发出真正的声音，明确地问道。

我连忙把脸绷紧。不行，我好像被 ED 传染了那种微笑的怪癖。

“你知道三个月前穆甘杜三世在哪里吗？”我岔开话题。

“我怎么可能知道？”

“但是，我却知道。那时，他在没有人陪伴的情况下，在一个叫作罗米亚萨卢斯的偏远乡村旅行。这是确切的情报。”

听到这句话，格奥尔松的脸色略微变了。他始终保持着赌博时的面无表情，但是他的脸上浮起了不明显却真切的不安。

“为什么你会知道这些事？这是真的吗？”

“如果不是真的，我就没有理由待在这里，只能立刻离开。”没有必要在这里耍嘴皮子，所以我坦诚地告诉他。

*

然而，格奥尔松当然不知道这些事。

这家伙，到底是怎么回事啊？

他能理解女人说的每一句话，但只要把她说的话联系起来，就会觉得莫名其妙。

例如，如果她是来暗杀穆甘杜三世的，就不会这么一本正经地表明自己来见他的意图；如果她是来谈生意的，也没必要直接和老板见面，通过组织告知就行了；如果纯粹是为了赌博而虚张声势，夸张到这个地步也只会适得其反。她到底有什么目的呢？

“开始……”

因为其他客人还在场，所以目前赌博仍然在进行，然而时机一到，眨眼之间这三个人就会被包围和虐杀。无论站在女人身后的两名保镖有多么厉害，面对一百多人的常驻警卫队也会无能为力吧？即便如此……

“我要下注。”

即便如此，这个名叫莱泽·利斯卡瑟的女人，在明知有这些风险的情况下，仍然表现得异常冷静和无畏，这已经超出了格奥尔松的判断。

这一局以他的胜利告终。莱泽再次毫不犹豫地招呼他开始下一局。

最重要的问题是，对方甚至知道他随时都可以通过作弊来赢取所有的筹码，而且打算针对这点来进行反击。这种赌博的规则很简单，所以在心理战中很容易看穿对手的心思。不过，从概率上来说，还是赌场方面会更有利。

“开始。”

确实是更有利……但是从刚才开始，格奥尔松就没能坚持下去。

“我要下注。”

莱泽赢了。胜率是六比四，莱泽赢得更多。虽然格奥尔松不愿承认，但是对方在赌博方面的才能和运气，似乎都要更胜一筹。

只能用作弊来决胜负了。但是，时机要如何把握呢？只能先让这个女人赢下几局，趁她得意忘形的时候，再一鼓作气把她干掉。但她这么强，真的会因为得意忘形而判断失误吗？

“开始……”

“我要下注。”

在僵持不下的情况下，赌局持续了好几个小时。

唉，这样下去也不是办法！

格奥尔松下定决心。如果不通过作弊再赌一把的话，这场赌局就永远不会结束。而且，对方甚至没有一丝疲惫的神色。在精神层面，他会先败下阵来。

而且，如果第三代首领真的已经来到这里……

再这样下去，就只能说是他的失态了。事实上，这个问题才是格奥尔松在精神上背负的最沉重的负担。他甚至开始觉得，对这个女人来说，没有什么是不可能的，因此穆甘杜三世也会如她所愿出现在这里。

如果穆甘杜三世认为他失职，把他从这里赶出去的话，他就无处可去了。

首先，无论如何都要赢下来！

他强势地设计好了，这次他掷出的点数一定会比对方强。这是一次简单、直接的作弊。

“我要下注。”

莱泽仍然选择下注。

上钩了。格奥尔松心想，但是当他看到莱泽在赌桌上移动的下注筹码的数量时，他几乎要尖叫起来。

因为她押上了所有的筹码。

刚才的十倍返还噩梦又在脑海中复苏了。就在自己要设局的那一瞬间，对方再次做出了同样的选择——这绝对不可能是巧合。

难、难、难、难、难道……

作弊的性质完全暴露了吗？

这样一来，莫非对方也能自由自在地控制骰子的点数吗？

之前也出现过，对方不知何时就操纵骰子的点数了，即使这次自己会用作弊咒语来操纵骰子。既然已经有过先例，就绝对不能忽视——

不、不可能会有这种事！之前是因为她已经多次投掷过骰子。这次可是临时起意的作弊啊！

但是——各种各样的想法在他的脑海里回旋着，令他头晕目眩。他确实用咒语进行过多次作弊，但之后他立刻就停止了这种做法，所以并没有受到追击，实际上——

莫非她早就设下了圈套吗？等到我再次作弊的时候——

莱泽拿起骰子，开始让骰子在她的手掌上来回滚动。

观众们都安静下来，提心吊胆地观看着这场赌局。从赌注金额来看，他们也知道，这局将会最后决胜负。

当骰子离开莱泽的手，在赌桌上滚动，在那短暂的一瞬间，格奥尔松的脑海里闪现出各种各样的场面。

这就是自己的结局吗?

至今修得的魔法、技术和才能，都是用自己的青春、人生和普通的幸福换来的——难道自己的命运就要在这里终结吗?

虽然在政治上遇到了挫折，但是哪怕用上曾经让自己得以存活的这种技能，结果也不过是多活了几年，终究还是满盘皆输的下场吗?

不是的——如果要这么说，那么自己真的已经无怨无悔地利用好这种技能了吗?

要是当时没有涉足政治就好了——虽然曾经这么想过，但是选择这条道路的人，恰恰就是他自己。

一路走来，自己做出的都是无悔的选择吗?

人生就像一场赌博——这是格奥尔松来到索基马·杰斯塔尔斯岛后领悟的真理，但是这么一想，自己在下赌注的时候，难道没有一丝迷惘，或者更确切地说，难道没有半点顾虑吗?

是的——虽然自以为很大胆，但是与这个女人的赌博风格相比，自己的应对方式难道不是只求自保吗?事到如今才体会到这种感觉。

过去的他之所以参与政治，不就是因为他的首要目标是保全自身吗?当现在的他为了更稳妥的安全感而打算决胜负时，这个女人正在试图针对这点进行反击——人生，不就是这样的东西吗?

换句话说，他在这里输了，但也意味着他得到了一个机会。为了偿还在这场赌局里损失的巨款——凭借这个理由，不就可以借机当面向穆甘杜三世提议，为自己争取到参与重要工作的机会吗?是的，正如这个女人所说，如果不这样做，像他这种负责监视赌场的人，又怎么会得到向海贼岛的首领提出交易的机会呢?

是啊，原来如此。无论何时，机会无处不在。必要的时候就上去赌一把，这就是所谓的人生吗？！

就结果而言，因为这次失职，也许他会不得不以身家性命来承担造成的巨额损失。

即便如此，他也要赌一把，绝对不能乖乖被杀。

没错，虽然逃离了本国，但是这次，他要重新赌一把。这次，他再也不会逃跑了！

就在格奥尔松下定了无比坚强的决心的时候，赌桌上的骰子停住了。一个显而易见的没押中的点数。于是，莱泽·利斯卡瑟下的赌注全部移到了格奥尔松的面前。

“哎呀，真是太不走运了。这场游戏似乎到此为止了。”

莱泽干脆地说完，就从赌桌边站起来，和两名保镖一起离开了。

周围一片哗然，赌场的人拍着格奥尔松的肩膀，为他叫好。与此相对，只有格奥尔松茫然地张着嘴，半天都站不起来。

*

“浪费了很多时间啊。”

我们快步走向渡轮停泊的地方。

赌局僵持了好几个小时，结果穆甘杜三世仍然没有露面。简直是白费力气。

“不过，我就是觉得挺可惜的。”ED还在说这种不痛不痒的话。

“别傻了！要是在这里赢得那么多钱，那群局头肯定会来讨还，最后只会招来不必要的麻烦。”

“要是变成那样，就由希斯你去把他们都赶走嘛。”

“你把我当成什么了？不分青红皂白，见人就打的暴徒吗？”

“可是，你这次是莱泽女士的保镖。一旦面临危机，难道你就要抛弃自己宣誓效忠的主人吗？”

“如果利斯卡瑟女士遇到危险，我当然……不对，这不是我们现在要讨论的话题吧？”

少校正在责备孩子气的ED，但他明显松了一口气。我的心情和少校一样，也确实有些遗憾……最后下赌注的时候，我是做好准备要输给格奥尔松的（因为看对方的表情，我就知道他肯定是作弊了），但是我也不禁想象了一下，如果真的赌赢了，肯定会很厉害吧？

然而，渡轮停下来了，我们不能马上出发。

“不好意思，船帆上的魔法还没有把风都吸收好，现在魔导师正在进行调整。”

“什么时候能出发呢？”我问道。

职员回答道：“再等一会儿就好了。而且，下一艘渡轮马上就会到达，即使修不好你们也能马上出发。”

他轻快的语气缓解了我心中的疑虑。我本来有些担心是不是有人盯上我们，打算把我们困在这里。

“没办法，我们就先等等吧。”

我们在用于迎送的甲板的长椅上坐下时，刚才见过的那名棕色皮肤的美少年侍者走了过来。

“要喝点什么吗？”他又问。

“不用了，谢谢。”

我再次拒绝，但他仍然笑眯眯地盯着我。

“有什么事吗？”

听我这么问，他就露出腼腆的表情说：“哎呀，因为你太厉害了。我完全被你打动了！干我们这一行，有时候会被人的感情变化之大所折服，不过，你即使输了，脸上的表情还是泰然自若，让人深受震撼！”

他的语气很兴奋。我不禁苦笑起来。

“非常感谢。”

“哎呀，这么快就有追随者了。”ED开玩笑地说。说着，他伸出手。

“这杯饮料可以给我吗？”

听了ED的话，少年显得很高兴。

“当然可以！”

少年把杯子递给ED。我和少校都没有说话，因为我们认为，总不至于来到这里还被人下毒。

“真好喝，这杯鸡尾酒是谁调配的？”

“是我，是我自己调配的。”

“哎呀，你真有天赋。除了本职工作，你还有这样的技艺呀。”

“是吗？”

“是啊，毕竟你应该很忙吧？”

“倒也没有那么忙啦。”

“不过，你去见龙的时候，应该是没有多少时间吧？”

ED 面不改色地说出了这句话。所以，即使对方已经若无其事地回答，我们也还没反应过来。

“不会，因为那时候是单独行动，再说对方是一条龙，没有必要隐瞒身份，行程比较轻松，所以不算匆忙。不过，你是什么时候发现的？”美少年的表情依然是笑眯眯的。

“这是我的台词。从一开始，你就待在我们的座位附近，而且，如果你是普通的侍者，当莱泽女士和那个荷官在无声对话中提到‘三个月前’的时候，你是不会抿嘴一笑的。”

“原来如此。因为我在那时候明确了你们的目的，所以不由得笑了出来。以后我会多加小心。”

“那么，为什么你会从一开始就知道我们是‘潜入者’呢？”

“原因就在你身上，E. T. 马克威斯尔先生。我不知道另外两个人是谁，但是你乔装打扮的时候，最好是选择有别于平时的装扮哦。即使面具不同，面具下的长相毕竟是一样的嘛，这样算不上伪装啦！”说完，他爽朗地笑了起来。

他——不，这名少年，乍一看只是一名普通的美少年，然而，这家伙是——

“印加・穆甘杜三世？”

少校的声音情不自禁地在颤抖。听到这句话，少年微微一笑。

“实际上，我的年龄要比我看上去大一些。”他语气温和地说。

2

在少年的引导下，我们来到一个只能算船舱的地方。船舱里杂乱地堆放着货物，让人难以相信拥有巨额财富，能够左右人们命运的水上都市的统治者就居住在这里。但是，当少年坐到沙发上的瞬间，这种印象就完全改变了。

因为我发现，看起来只是简单地堆在一起的箱子和被扣押的美术品，其实都保持着恰到好处的间隔，呈放射状围绕着那张沙发。

而且，这种摆放方式甚至体现出清晰的美感主张和足以使人信服的明确感性。

“请坐。”印加・穆甘杜三世优雅地用手示意我们坐在他的对面。

“不过……没想到你会愿意和我们见面呢。”

我理所当然地提出这个疑问。对此，三世却露出了惊讶的表情。

“那是因为我被你的技术吸引了。就像你们计划的那样，不是吗？”

“这样啊，谢谢……”我敷衍地表示感谢，不知道是否应该把他的话当真。这时，ED插嘴道：“对了，我想再问一次，为什么你会知道我是马克威斯尔呢？说白了，我和坐在那边的希斯不一样，根本就不出名。”

“因为你是战地调停士。我很关注你们。”

“这是什么意思？该不会是……”

“嗯，我以前见过其他战地调停士。自从那次之后，我就知道，对你们要多加注意，小心提防。所以，我当然早就知道你的信息，也知道你平时会戴面具。”

“给你留下不好印象的人……是谁啊？”

“是一对双胞胎姐弟。他们说，姐弟两人合称为米拉·基拉尔。”

话音刚落，ED的嘴角就扯出一个苦涩的笑容。

“原来是他们。你偏偏就碰上了不可救药的家伙。”他轻蔑地吐出这句话，罕见地表现出不加掩饰的厌恶，“他们使你蒙受了损失吗？”

三世轻轻地叹了口气。

“没有……恰恰相反，只有我因此获得了不正当的利益。”

接着，他开始讲述当时的情况。

“除了依靠这里的经营和管理来维持生计，我还会与各个阵营进行交易，其中与战争有关的交易也不在少数。不过，只有军火制造及其交易，我是从未参与过的。至于原因，你们肯定也清楚，简单来说，就是因为这等于互相扯皮，而且结果难以预测。对于赌博，我从来是毫不犹豫，即便如此，如果要面对那种纷乱的局面，即使知道会带来莫大的利益，我也宁愿先退一步。

“因此，在战争状态下，我主要承办向战场及周边地区提供医疗设备和粮食的业务。这是一门不可轻视的生意。因为这些物资和武器不一样，根本不用担心没有使用的机会。作为生活必需品，长期销路也不错。当然，我也只能薄利多销。后来，一直光顾我这门生意的某个地方，总算是普天同庆地决定要停战了。哎呀，说实话我也很高兴。毕竟只要和平了，其他方面的需求就会增加，也有助于两国之间的交流。然而，事情没有那么简单。于是，那对双胞胎姐弟就出现了。”

三世那张褐色端正的面孔上，露出了少许苦涩的表情。

“正是他们两人促成了停战。说实话，一开始我很尊敬他们，也很好奇他们是如何说服如此憎恨对方的两个阵营。但是，我立刻就发现，这个想法过于天真了。实际上，七海联盟进入两国后，首先做的就是举行国民投票，收集国民列举的理应处决的人员名单。于是，以国民意志的名义，两国都有大量的统治者被逐个肃清，其中，甚至有不少为国民做出过巨大贡献的人。因为在物资供应方面有过合作，所以我多次劝告那对双胞胎，‘让人们用这种方法发泄怨恨不会有任何意义’。但是，双胞胎中的弟弟是这样回答的——即使已经杀了好几百人，他也毫不在乎地说‘必须让这片土地上的负面情绪一次性爆发出来’。至于双胞胎中的姐姐，直到最后，她都没有和我说过一句话。她有着让人惊艳的美貌，但就我看到的情况而言，她只会回答‘行’或‘不行’这两句话。更何况……”

这时，三世摇了摇头。

“如果她说出其他的话来，说不定会发生可怕的事呢。一想到这里，我就有些庆幸自己没和她说过话了。”

“这样一来，掌握两国实权的人物基本上都消失了，所以各种生意就被你垄断了吧？”

“是啊。不过我很快就退出了。因为那两个国家已经国力疲敝，日益严峻的贫困问题比战争时期更加严重。而且，最重要的是，所有人都彻底失去了精神。”

“因为那对双胞胎姐弟是魔导师。他们就是过于重视诅咒和怨念这类特殊的事物。”

“是的，他们的确说过，所有的怨恨都是等价的。那么，马克威斯尔先生，你又如何呢？你是以什么基准来进行调停的呢？”

三世轻轻地抬起眼睛，看着 ED。

“我的做法更接近于权宜之计吧。我无法做得像米拉·基拉尔那样彻底。为了正确判断哪些是时间能解决的问题，哪些是时间不能解决的问题，我总是在苦苦挣扎。”ED 淡淡地回答。

“原来如此。你会尽可能避免赌博吗？”

“因为我不适合赌博，而且也没有莱泽女士那样的才能。”

听到这里，三世笑了。

“确实！那种惊人的才能实在是太罕见了。”

“谢谢……”

我又尴尬起来。这时，一直保持沉默的少校缓缓地开口了。

“可以进入正题了吗？”

虽然不甚明显，但是少校似乎话里带刺。凭直觉，我感觉他和三世应该不会合得来。因为……

也许因为他们是同类型的人吧。

我就是感受到了这样的气息。

“当然可以。呃，我应该以‘风之骑士’来称呼你吗？”

“随意称呼就好。而且，主要是由马克威斯尔来向你提问。”

ED 随即点了点头。

“没错，就是这样。不知不觉就只顾着聊天了。我的问题是——”

“你要问关于那条龙的事吧？比如，为什么要去见它？”

三世抢先一步说出来了。我们沉默了一会儿，他就奇怪地说：“既然你们在关注我去过罗米亚萨卢斯的事，自然就是指这件事吧。”

他的话很有道理。ED 又点了点头，再次问道：“能请你回答这个问题吗？”

“其实也没什么大不了的——罗米亚萨卢斯附近的山里有发展前景良好的矿物资源，我之所以去那里，就只是为了获得开采矿产的许可。”

“你得到许可了吗？”

这时，三世笑了。

“那可是崇尚自然高于一切的龙啊，从一开始我就做好被拒绝的思想准备了。当时，我的脑袋里直接就响起了龙的声音，‘你若是想做，但做无妨，只是你必须先考虑这样做带来的后果’。所以，后来我就决定放弃了。”

“为什么你要特意亲自去一趟呢？派下属去办不行吗？”

“这是出于好奇心——因为我很单纯，对强者很感兴趣。既然有正当的理由，又有机会去见一条龙，谁会把这种特权交给部下呢？”

三世有些得意地说着，露出了和高位者不相称的平易近人的笑容。我不禁觉得，他果然和少校很相似。

“见到龙之后，你有什么感觉？”ED 继续提问。

三世稍稍抬起头，过了一会儿，才回答。

“我对于世间的看法比较功利。做生意会用肮脏的手段，对赌局中的败者也不会有半点同情和宽恕。过去的我一直认为，不会有任何事物比实际的利益更正确。但是，见到龙之后，我开始觉得，也许应该改变一下这种想法。”

“你是说……”

“我开始觉得，生于世上，也许应该对‘荣誉’有更多的重视。龙就拥有这样的骄傲。世上没有比龙的生存更坚毅的存在。”

三世的脸上是陶醉的表情。

“我是第三代首领——我有一位伟大的祖父，还有一位巩固了祖父的伟大事业并将其发扬光大的父亲，我在出生之前就拥有了各种优越条件。所以，我认为自己的人生只是他们的‘延续’，没有属于自己的意义。但是，当我来到龙的面前，我就觉得为这些事介怀实在太可笑了。原来世上还有这样的存在，它完全不在乎我的财力，不在乎我拥有随意处置他人的权力，只是以压倒性的姿态直截了当地问我‘你是怎么考虑的？’自从知道这件事之后，我好像就能确认作为我自己，而不是作为第三代首领的身份了。”

三世满意地点点头。

“原来如此。那么……龙是不灭的存在，这是否也是你感动的原因之一呢？”

“这是什么意思？”

“也就是说，比如——你是否有‘杀死龙，成为征服龙的存在’这样的愿望呢？”

听了ED的这个问题，三世放声大笑。

“杀龙？到底要怎么杀？”

“我只是打个比方。不过，如果你知道杀龙的方法，你会这样做吗？”

“会不会呢——你说出这句话的时候，有深入考虑过其中的意思吗？”

“啊？”

“杀龙的方法——如果真的有这种东西，你考虑过它的价值吗？”

“价值？”

“是的。你能想象，它到底有多少军事价值，以及会带来多少财富吗？肯定是史无前例的天价。大概足以买下两三个小型国家吧。如果真的有这样的东西，而你又具有这方面的知识，我当然是非常乐意出资购买啊。不过——如果你问我，是否会用这种方法来杀死一条龙，那我只会告诉你，只有蠢货才会做出这种事来，白白浪费难得的商机。”

——这是完全正确的言论。要是哪个国家能将龙的力量用于军事目的，它就会成为世界的霸主。既然是成功杀死龙的方法，当然就会无比强大。然而，在这起杀龙事件之中，根本就没有任何相应的征兆。只有一条龙被杀死了，没有其他的事情发生。

“但是，肯定要尝试一下，才会知道这个方法是否有效吧？那该怎么办呢？”

“要尝试，还有很多别的方法。何必要冒险与龙敌对呢？”

“确实，没有必要。”ED 叹了口气。

我也在心中发出同样的叹息。

无论怎么考虑，这个男人还是没有动机。虽然早就知道，但我们还是再次深切地感受到这一点。

而且，三世的这番话也暴露了我们尚未解决的问题。

方法暂且不论，那条龙到底为什么会被杀死呢?

凶手为什么要冒着与另外六条龙敌对的风险，大费周章地杀死“那条龙”呢?

在我看来，这些都是无法解开的巨大谜团。

一阵沉默之后，少校突然插嘴道:“但是，如果要获得矿物资源，龙也许会成为你的障碍。”

“哈哈！区区十个、二十个矿山，怎么看都不划算啊。”

“但是，这就足以成为理由了。人在采取行动的时候，不一定就会计算得失。”

少校步步紧逼。

“至少，在我看来，当你能做到‘那件事’的时候，你就不会因为有其他赚钱的方法而选择放弃。”

“原来如此——你的意思是说，我会选择赌一把。但是，实际上龙并没有死吧？这不就意味着，我也杀不了龙吗？”

“……”

少校也沉默了。即使向这个男人挑衅，他也没有让我们产生对他笃定的怀疑。

“还有什么问题吗？”三世有些滑稽地摊开双手。

“最后一个。”ED竖起食指说。

“见到龙的时候……你有赴死的觉悟吗？”

“当然。”三世立刻回答。

“原来如此。非常感谢。”

“哎呀，和你们这样谈话，真的非常愉快。希望我的发言，能帮助你们达成停战协定。”

“非常有参考价值，特别是——与龙见面的心理准备方面。”ED用平静的语气说。

于是，三世点点头，把视线投向我。

“先不说这个，莱泽·利斯卡瑟女士？”

“怎么了？”

“你要是在军队里待不下去了，一定要来找我，我会提拔你当干部。如果你愿意，我甚至希望你能成为我的心腹。”

“我会考虑的……”

“那么，各位，再见了。”

在印加·穆甘杜三世挥手的瞬间，他的身影就宛如海市蜃楼般摇曳着消失了。

我和ED震惊得不由自主地从座位上站起来，只有少校冷静地说：“没什么好惊讶的——之前不是听说过，他很警惕暗杀，所以不轻易露面吗？”

“这、这是幻觉魔法吗？我们一直在和他的幻影对话吗……”

“希斯，你早就注意到了吗？”

“我刚才想砍他，但他没有任何反应，所以我就猜到了。”

“你也是够坏心的……怎么不提前告诉我啊？”

"反正也是把他本人从远处投影过来，和当面交谈没有区别呀。"

"那倒是……"ED苦笑起来，少校就继续说道："但是，有一点非常明确——就是在这里最好不要随便说话。毕竟我们都不知道，这些话是否被谁听着呢。"

然后，他朝我和ED点了点头。

"是啊……"

比如，其实龙是真的被杀死了。这件事，绝对不能让人知道。

我们默默地从船舱里头的暗室走到了外面。我不禁想，在这座水上城市，恐怕有无数个这样的地方吧。

正如莱泽的推测，印加·穆甘杜三世就在隐没于黑暗中的房间里，利用水晶球映出的景象，一直观察着他们三人的行动。

"风之骑士、战地调停士，还有天才女士官，真是一群有趣的家伙。"三世咧嘴一笑。

出乎意料的是，他的长相和刚才的幻影几乎一模一样。唯一不同的是，他的褐色皮肤上布满了由无数防御咒语构成的刺青。

"他们的旅行确实是迫于不寻常的事态……但是……"

说到这里，三世的表情变得严肃起来。

"我实在难以相信……难道真的就像那名暗杀者在他们来访前透露的那样，'龙被杀了'吗？"

不过，无论这是事实，抑或另有目的的伪装，对于三世来说，也不过是增加了一项需要处理的事态而已。他对龙有好感，如果龙死了或处境危险，他确实会感到很遗憾，但是这样的事，对他来说已经司空见惯。

“总而言之，关注一下在罗米亚萨卢斯的战争调停情况也没有坏处。”

三世抚摸着水晶球的表面，用指尖轻轻地描画着那里映出的莱泽的脸。

“不过，就这样把她放走，真是太可惜了。”

他喃喃自语道。那张稚气未脱的脸上，露出了与之相称的坦率表情。

*

格奥尔松避开那些劝他品尝胜利美酒的家伙，独自走到外面来。

“唉……”

他喝了酒，也有些醉了，尽管他赢下了赌局，但是他的内心却充满了难以弥补的空虚。

他只能认为，自己完全败给了那个女人，他被耍了——这就是他的真实感受。

“去你的……”他醉醺醺地靠在栏杆上发着牢骚，“竟然把我当猴耍……”

当格奥尔松抬起沮丧的脸时，一艘渡轮正好从他的眼前经过。他不经意地一看，随即“啊”地惊叫出声来。

因为那三个人就坐在船上。

接着，他感到火冒三丈。

都怪他们，我才会这般！

他明明都得到了好处，却觉得有某种宝贵的东西被夺走了，所以只有怒意涌上心头。

格奥尔松反射性地摆出了从军时期形成习惯的姿势——面对敌人，吟唱攻击咒语。

那三个人只顾着说话，根本没有注意到他，即使注意到也没有用。因为这个咒语的威力足以把渡轮炸成碎片。因为他曾经管理过一个国家的防卫线。

我的、我多年的……这份冤屈，这份怨恨，就叫你们尝尝！

虽然不应该迁怒于人，但这就是他内心的真实想法，所以没有半点顾虑和犹豫。

他瞄准了目标，眼看就要发动攻击——

就在这时，三人之中，那个仍旧戴着面具的男人（不过那张面具好像和刚才的不一样）把手上的白丝手套脱下来，换上了一双露出手指的骑手手套。就在这时，格奥尔松看到了……

那个男人的手背上清晰地刻着一只鲜红的蝎子——“死亡纹章”。

“那、那是！”

酒一下子就醒了，攻击姿势和杀意也在一瞬间烟消云散。

那是一种可怕的古代禁忌咒语，如果试图用魔法解除咒语，它就会产生冲击波，将四面八方都炸得粉碎；同时还会散布诅咒，让所有触及的生物丧命。因此，如果在这里对那个男人进行魔法攻击，这座水上城市就会立刻被摧毁。

为、为什么那个男人会被施下那种可怕的咒语啊！

格奥尔松意识到，自己还是太天真了。那个男人在赌场里根本没有表现出任何不安或疲惫的样子，但从纹章的颜色来看，恐怕从变化开始已经过去了两个星期，他应该只剩下半个月左右的寿命。

那、那三个家伙……究竟在干什么？接下来又打算干什么？

格奥尔松无从得知的是，在现阶段，就连踏上旅途的三人也对这个问题的答案一无所知，恐怕只有神明才真正了解事情的始末。

# 第五章　活着的龙，死去的龙

a case of dragonslayer

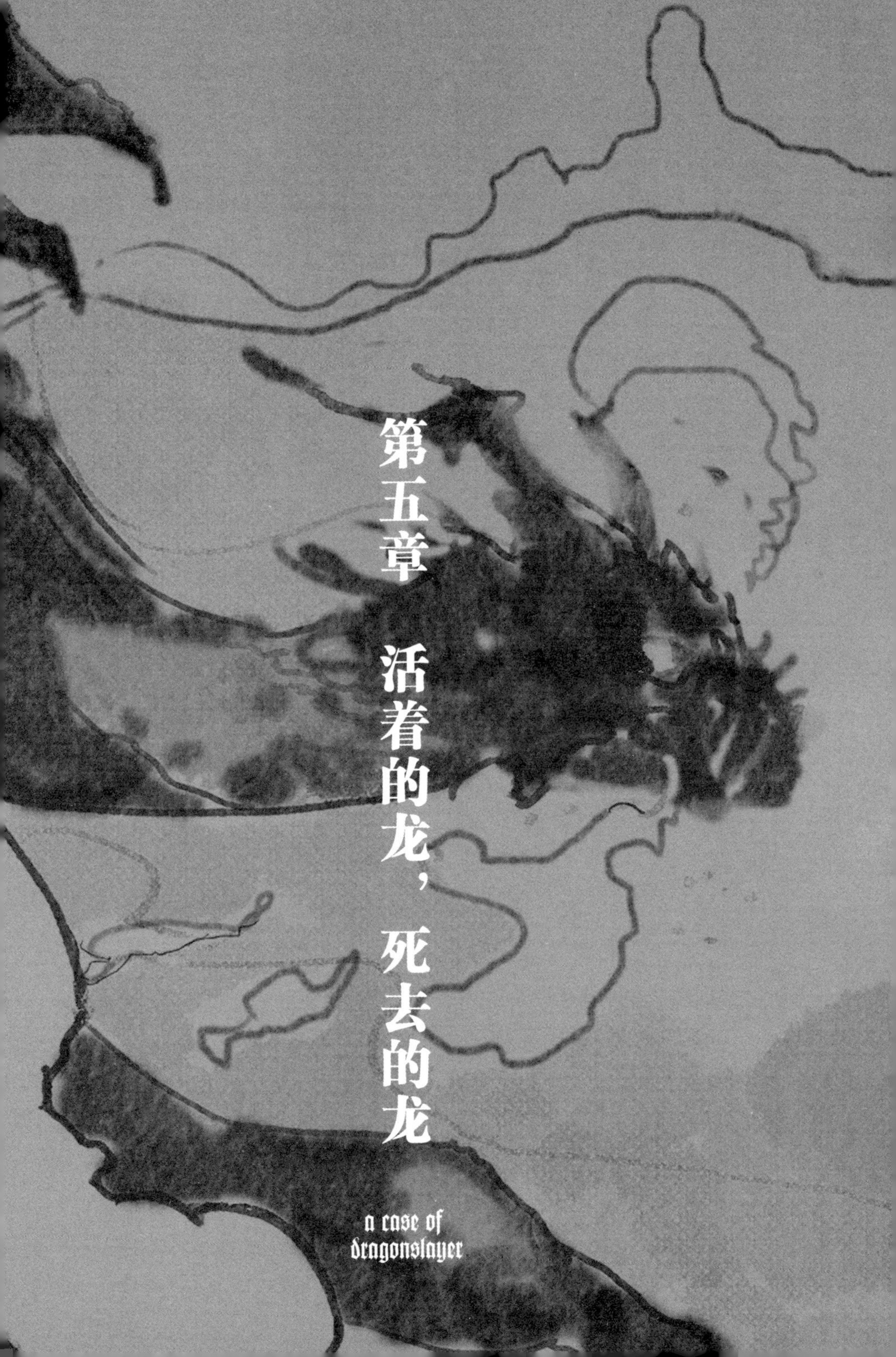

# 1

这片荒野没有名字。

几乎没有人靠近，也不是任何国家的领土。因此，它没有固定的名称。在大部分的地图上，它都会被标注为黄黑相间的条纹，而这意味着——

“特殊危险区域，奉劝各位不要进入。”

——就是这样。自古以来，除了极少数的冒险者前来挑战，就只有冒死运送货物，企图一夜暴富的走私者才会经过这里。严酷的自然环境保持着原始的状态，顽固地拒绝人类对这片土地的干预。无论是什么人，哪怕是最贪婪的国王，都放弃了开拓这片土地，未能将它据为己有。

理由简单明了——因为这里有一条龙。

*

因为拥有特命特权的ED提出了申请，所以我们得以无条件向最近的七海联盟驻军基地借来了高速强化鸟。我们乘着鸟，来到这片无名荒野的上空，在距离目的地还有一些距离的地方降落了。实际上——

“不行，无论如何，这家伙都不愿再往前飞了。”

其实是握着缰绳操纵高速强化鸟的少校让我们降落了。

“剩下的路程就步行吧，要花一些时间。”

少校一边说，一边给那些焦躁不安的高速强化鸟喂我们带来的浓缩食物，安抚它们的情绪。我和ED都点点头。为了把这些鸟都拴在原地，我们正在把钩子打进坚硬的岩床地面。

天空乌云密布。

我们脱下用于空中机动的防护服，放进高速强化鸟的行李箱，然后就出发了。

把支付了天价才从纳尼亚、索尼娅母女处购得的，唯独显示这片土地的《为国王和叛徒准备的地图》摹本展开，一边确认方向，一边在光秃秃的岩床从地面上突起，就像长满了无数巨型荆棘的土地上前进。

我们一言不发、不声不响地走在路上。

就这样走了一个小时左右，我不由得“呼”地吁出一口气，少校就回过头来。

“还是让利斯卡瑟女士留下来等我们比较好吧？”

听了他的话，我吃了一惊。

“为、为什么？没事的，我不是觉得累了！”

我大声说着，少校却摇了摇头。

“我不是这个意思——我不是指你会成为累赘。我们即将见到的，是不可能对人类友好的‘普通的龙’。危险实在太多了。即使被杀也不能抱怨，甚至有可能会死得不明不白。”他说。

“可、可是，既然你们去见龙，我当然也要和你们一起去！”我斩钉截铁地说。

少校盯着我看了一会儿，点了点头。

“我明白了。也许你更有资格见到龙。”

我松了一口气。我们再次迈开脚步。

“可是……我们必须告诉龙，它的同伴被杀了。”

我把心里一直担忧的事说了出来。

“是的……真不知道龙到时会有什么反应。但是，如果不是由人类去告知这个消息，可能就会让龙产生可怕的敌意，最后导致所有的人类都被它杀害。总归要有人去做这件事。”

少校就像要仔细琢磨似的说出这番话。这时，ED 却插嘴道：“龙已经知道了吧。”

完全是漫不经心的口吻。

我和少校看向他。

“肯定是这样吧？既然龙拥有强大的魔力，如果同样等级的魔力消失了，它肯定不会没有察觉吧。虽然我们不知道罗米亚萨卢斯的龙在何时死亡，但是这里的龙肯定会知道吧。”

“是吧……”

“可是，马克威斯尔，你认为这里的龙甚至会知道那条龙是如何被杀死，为何被杀死吗？”

“你是指，龙会知道凶手是谁吗？这个答案我不会知道，要问一问才行。不过，就算问了，也不知道龙会不会回答。”

“不，我说的未必是这个意思……”说到一半，少校陷入了沉默。

但是，我知道他把什么话咽了下去。是的，虽然没有说出口，但在踏上旅途之前，我就一直在思考这件事。少校肯定也是一样。

然而，ED 却露出了不可思议的表情，似乎无法理解我们相似的沉默。

“你们两个怎么了？我知道你们很合得来，但也不能把我排除在外吧？”

“呃，马克威斯尔……你真的没想过吗？”

“想过什么？”

“事实上，这个世界上现存的东西里，根本就不存在可以杀死龙的东西。”

“可是，既然龙已经被杀了，就说明有人做得到吧？”

“是的。换句话说……你不觉得这样就只能推导出一个事实吗？要是把这句话说出口，在罗米亚萨卢斯签订停战协定的条件就根本不成立了，所以我至今都没有提过。”

“所以，你是什么意思呢？”

“我觉得难以置信，但世界不会按照我的意愿来运作，所以我也无法明确否定。”

“这真不像你。你就别装模作样了，直接说你是什么意思吧。”

ED 追问道，似乎是真的不明白。

“所以——龙比任何东西都要强大，是无敌的存在。这样一来，这个世上就没有其他东西能杀死龙了吧？”

“其他东西？什么东西？”

“所以——”

少校叹了口气，然后说道。

“——就是龙，这种存在本身啊。”

听了少校的话，ED 惊得张口结舌。

“这是什么意思啊……”

“所以，我的意思是，只有龙才能与龙匹敌。”

“也就是说……呃……”ED 开始用手指敲他的面具，“希斯，你想说的是——‘杀死龙的很可能是另一条龙’——是这样吗？”ED 似乎无法理解，再次确认道。

“除此以外，还能是什么呢？”

少校嘟囔着，脸上挂着痛苦的表情。他对龙怀有深厚的敬意，对于他来说，这一定是个苦涩的认知。

“哦？是这样吗？”ED 换上了他一贯的嘲讽语气，似乎根本不在乎少校的苦恼，“为什么你会这么想？我觉得这种想法才是无法理解。”

在少校回答之前，我先开口了：“可是……难道还有别的可能性吗？”

“哈？”ED看向我，哼了一声。

“为什么你会这么想？”

“因为……”

“拥有巨大魔力的龙，难道还要特意拿出一根铁棍，然后把铁棍捅进另一条龙的后脖的鳞片缝隙里吗？”ED摇摇头，似乎在感叹这个想法很荒谬，“为什么要大费周章采取这种行凶手法？为什么行凶后仍然把尸体放置在洞穴之中？如果凶手是龙，难道它还要避免让人类发现吗？难道你们认为这种事有可能吗？”

“呃……是这样没错。”

“但是，马克威斯尔，一条龙被杀害了，这个事实本来就是不寻常和无法想象的。考虑到这点，即使是稍微有些不可理喻的现象也……”

“不，恰恰相反。”ED干脆地说。

“正因为事态看起来如此不寻常和不可理喻，所以解开谜团的方法就更须符合逻辑和实际。事件是在这个世界上发生的。生活在同一个世界上，我们就和凶手处于相同的立场。他也必须按照与我们相同的逻辑来生活。如果忘记这一点，轻易地逃往不合逻辑的方向，那么原本能看见的东西也会变得看不见了。”

以ED的作风，这算是非常真挚的话语了。

“但是，龙和我们并不处在同一立场。它所在的层面比我们要高得多了。”

“不，还是一样的。只是龙比我们更优秀而已。”ED断言道，自信得让人害怕。

但是，他的意思却叫人无法理解。龙比我们优秀，为什么却是处于同样的立场呢？

“正因为你们把优劣和存在混为一谈，所以才会产生‘龙是特殊的，把它变成特殊也没问题’的天真想法。反过来说，这样对被杀的龙不是很失礼吗？”

这种强势的口吻让我突然意识到，ED并不是充满自信……难道他是在愤怒吗？

“我也不是不明白你的意思……不过，你别忘记，我们已经没有时间了。”

少校的语气仿佛理解了ED的愤怒，ED则耸了耸肩。

“我知道……如果见到龙也没有任何收获，就要考虑解开谜团以外的‘其他手段’，对吧？”

“我们的目的只是达成停战协定。对于被杀的龙来说，即使这是不公正的结果，或许也是没办法的事。事后再去掌握真相，即使要花几十年时间也不算迟。”

“问题是在这种情况下，没办法这样断言。我们真的有办法得到宽限吗？”

ED有些无奈，又摇了摇头。

“这是什么意思？”

我问ED，因为我只觉得少校的说法很有道理。

于是，ED露出了为难的表情，回答道：“因为说谎是没用的，所以我和希斯说的都是实话。”

“嗯？”

我完全无法理解，就向少校投去求助的眼神。谁知道少校也抱着胳膊，闭着眼睛，似乎在安静地等待着什么。

“你们两个，这是什么意思？你们究竟在说什么呀？”

“俗话说，尽人事，听天命……但是，我们还算不上尽人事，所以，等到要听天命的时候，我们很悬。”

ED露出苦笑，同时将目光投向地面。我也跟着他，把目光投向脚下。

然后，我有些疑惑，因为我看不到自己的影子。

虽然是阴天，地面也很暗，但我竟然完全看不见影子。周围的光线也没有暗到连影子都看不见的程度。

但是，如果只看自己的脚下，就是一片黑暗。这么说来，好像只有自己周围是黑暗的，光线都是从外面过来的。就像身处室内，从窗户往外面看似的……但这里不是室内，而是野外，没有屋顶。难道是因为云吗？当我想到这里的时候——

“……”

尽管为时已晚，但我也终于发现了。

我战战兢兢地环顾四周。土地凹凸不平，所以不容易分辨，但确实有一条分界线。有影子的地方和没有影子的地方——天空中的某种物质投下了巨大的影子，在地上描绘出了这幅画。

“……”

我咽了一口唾沫，生硬地慢慢抬起头，将目光投向上方。

四目相对。

我感觉全身都被束缚住了。面对这种压倒性的存在，莱泽·利斯卡瑟作为个体的主体性仿佛都已经化为乌有。它是从何时开始待在那里的？或许自从我们到达这里之后，它就一直待在那里？

这、这、这——这就是真正的……活、活的——

真正的龙，就飘浮在天空中，用既庄严又冷峻，犹如闪电般锐利的目光，默默地俯视着我们这三个人类。

## 2

“呼……”少校先是呼出一口气，然后抬起头来问道：“我想问一个问题！你能回答我吗？”

龙的回答，确实就和传闻一样，仿佛直接在脑海中回响似的，清晰地传达给我们。

“是我要先问你们。人类啊，为什么你们会来到这片土地，要求和我见面呢？”

“这是因为……”

少校正要回答，ED就插嘴道：“你如果知道同伴死了，为什么不采取任何行动呢？”

对于这个直接的问题，龙毫不犹豫地回答：“不是同伴。只是属于同类而已。”

我们惊讶得倒抽一口气。然后，我大声问：“那、那么，是你杀死了它吗？”

我鼓起勇气提问，龙却干脆地无视了我。

“你们还没有回答问题。为什么要来见我？”

ED回答道：“是为了向你提问。我们就是为此踏上旅途，来到这里。”

“是因为你认为，我会有你想要的答案吗？”

“我认为，会有这种可能性……关于如何才能杀死龙，你应该会有答案。”

“那种事，简直轻而易举。”龙说得很简单。

我们哑口无言，龙很快就继续说：“这个世上并没有不灭的存在。无论是我，还是我的同类，总有一天会不复存在。要杀死我们，实在简单。因为我们从出生的那一刻起，就已经背负着死亡的命运，等于注定要被杀死。要杀死我们，不需要任何能力——只要持续地等待，无论怎样的存在都有可能杀死我们。”

“原来如此……”ED点点头。

然而，接下来他说的话，却超出了我的理解范围。

“你似乎知道，栖息在被我们称为罗米亚萨卢斯的土地上的那条龙被杀的原因。”他满怀信心地断言道。

我和少校不由自主地把目光从龙的身上投向了ED。在龙的影子之下，我看不见那张面具下的表情。

“……”龙沉默不语。

因此，ED继续道:“否则，就无法解释你为何不采取行动——即使你不在乎，也无法解释另外五条龙为什么没有采取行动。在同类消失后，没有生物会不警觉这种情况是否会危及自己。我也考虑过，或许你们只是在等待合适的时机，所以才会一边旅行一边等待了半个月，但是至今都没见你们有所行动，那么理由就只有两个。”

面对初次见面的世上最强的生命体，ED毫无顾忌地进行分析。

“第一个理由，或许龙本身就在渴求死亡。这样一来，只是等着被杀也不奇怪。但是，现在见到你，我就确信不可能是那样。”

“呵——你为什么这么想？”

这时，龙第一次表现出对ED感兴趣的态度。

“因为你主动出现在我们面前。如果只是等着被杀，就不可能采取这种类似威吓的行动。而且，即便是现在这个瞬间，你也可以肆无忌惮地杀死我们，因为你甚至没有放下攻击姿势。”

“人类啊，如果你们希望，我很愿意试试看。”

龙的口吻仿佛是在冷笑。但是，ED 没有退缩。

“我希望你能先听我说完。至于不采取行动的第二个理由，我认为这个猜想是正确的。是因为你知道罗米亚萨卢斯的龙的死亡原因，而且你知道那种方法不会对你造成任何威胁。说得更准确些，那种方法只能杀死罗米亚萨卢斯的龙。以上就是我的见解，我有说错吗？”

ED 说的话让我和少校目瞪口呆。这个蒙面男子，旅途中一直伴有生命危险，却一直在确认龙是否会移动，然后思考这样的事情吗？急于赶路的我从来没有想过：为什么其他的龙没有任何行动？

ED 说话的声音越来越响亮。

“那么，你们和罗米亚萨卢斯的龙之间有什么区别呢？唯独那条龙有，其他龙却没有的主要元素是什么呢？这么简单的元素，根本都用不着考虑！”

他一边说，一边剧烈地摇晃着身体。

“是‘人类’吗？”龙抢先说了 ED 要说的话。

ED 点点头。

“是的……‘栖息在人类附近’——恐怕这就是一切的关键。除此之外，龙根本没有原因，也没有理由会被杀死。所以，比如在这样的地方，就绝对无法杀死龙。只要龙不主动接近人类——”

ED 抬起头，像是在瞪着龙一样。

“即便如此，那又如何呢？”龙的声音听上去没有丝毫动摇。

“一条主动接近人类的龙，从这个世上消失了——人类啊，这与你们的世界又有什么关系？”

“有关系——确实是有关系。”

与之相对，ED 有些无法冷静，不住地摇头。

“对于你们来说，人类的处境无关紧要，但对于我们来说，龙的存在却是生死攸关的问题。除非我们能查明龙是如何被杀死的，否则就会有数以万计的人类的命运，遭到不公正的歪曲对待。”

听了 ED 这番话，龙给出了冷冷的回应。

“如果这个事件在人类世界里难以整理，那你就当它是被其他的龙杀死的。”

“但那不是真相！”ED 突然大声怒吼道，“不可能是被龙杀死的！凶手是人类！”

“那么，为什么被你们称为罗米亚萨卢斯的土地上的那条龙会被杀死呢？”

“因为那条龙喜欢人类！”ED 的声音变得尖锐，“所以它和人类接触太多，才会导致它被杀害——但是，我们绝对不能容忍这种事情发生！否则……否则，人类这样的存在不就太可怕了吗……”

我几乎能听到 ED 咬牙切齿的声音。

“你是说，人类并不是可怕的生物吗？”龙的声音，仍旧是那么冰冷。

“你右手上的刻印……不就是人类的所作所为吗？你不觉得可怕吗？”

“这只是微不足道的小事。我也目睹过很多可怕的事情，而且，它们几乎都是人类造成的。但是，希望让这些可怕的事情消失的，同样也是人类，所以我……”ED 的话说到一半。

“你希望让它们消失吗？是这个意思吧？”

就在龙说出这句话的瞬间，ED 的右手猛地自动跳了起来。手套飞了出去，露出下面的纹章。只见纹章发出耀眼的光芒，然后就爆炸了。

“砰！”

耳边响起了巨响。ED 的右臂从手肘开始，全都变成了细小的碎片。

“呜！”

ED 的脸因疼痛而扭曲，他忍不住跪下来，倒在了地上。鲜血从手臂上那些不平整的切口滴落到地面。

“这下就有一个可怕的东西消失了。”

龙的声音宛如冰雨般从天而降。

绝对无法解除的死亡纹章的咒语，就这样被龙轻而易举、毫不留情地消灭了……同时，刻上这个纹章的 ED 的右臂也……

“呜……呜呜呜呜……”

因为肉体被强行扭断的剧痛，ED 的喉咙里发出一阵呻吟。

“你干什么啊！”少校脸色铁青，大声喊道。

“是那个人说想让可怕的东西消失。”龙平静地说。

“但、但是，这也太牵强了！”

“那么，被强行夺去性命的龙，当时有余力接受这样的抗议吗？”

听了这句话，少校一时间说不出话来。而我——

“呃，啊……”

——我不知道该怎么办，呆愣了一会儿，才踉踉跄跄地靠近ED，伸出手，想要处理伤口。

但是，没等我做到，ED就站了起来。

“你说得没错……希斯，我们没有资格抗议。”

沙哑的声音里，蕴藏着坚定的意志。

“马、马克威斯尔……”

ED无视少校的呼唤，脸色铁青地望向天空，望向龙。

“不过……我稍微放心了。”

“什么？”

“我原本还以为龙也许是无情的存在……不过，你们的确还是有‘愤怒’的情绪……如果同伴被杀的怨恨，能以一只手臂作为若干补偿，这交易就太划算了。”

这样嘟囔的时候，他按住的右臂的切口还在不住地流出血来。

龙没有反应。

“而且，我确信——现在正是提问的时机，我来这里见你，就是为了这个真正的问题。”

“你要问什么？”

“你们这些龙，为什么不攻击那些可憎的人类，进行报复呢？这个理由，我现在还不能问。因为我们还没有解开谜团……现在人类还没有资格问这个问题。”ED喘着粗气，小声说道。

不知为何，即使荒野上刮着风，我们也能清楚地听到他的声音。过了许久，我才意识到，声音的增幅是因为龙的魔力。

龙似乎在认真地听ED说话？

这种影响也波及了我们。

“但是……但是，希望你告诉我。对于我们人类来说，或许真正的威胁并不是你们这些活着的龙，而是那条死去的龙，是这样吗？”

ED的话让我一头雾水。接着，龙的回答也超出了我的理解范围。

“是否将其视为威胁，或许人类的价值就在于此。”平静的声音里，仍旧没有一丝动摇。

听到这个回答，ED点了点头。

“如果是这样的话——希望你先等等。等我把你们应该也还不知道的行凶手法弄清楚后，一定会来告诉你。是啊……我还无法相信。龙真的就那样任凭人类杀害吗？”

“那是随着它的死亡而永远失去的心吧……”

“你们果然都对它的死亡感到绝望了。不过，希望你等我解开谜团之后再来判断。”

“人类啊，你是在和我交涉吗？”

“是的……因为我是战地调停士，我的工作就是使得原本无法相互吻合的两颗心达成一致。”

即使手臂被切断，还承受着身体被撕成碎片的剧痛，ED仍然怀着强烈的自豪感说出了这句话。在我听来，就是这样的。

龙沉默了片刻。

“总、总之，先止血！利斯卡瑟女士！”

少校抱住ED眼看就要倒下的身体。

“好、好的！”

我慌忙从腰间的袋子里取出绷带和药品，准备处理伤口。然而，我没能实践我的想法。

一股无形的冲击波突然将我和少校吹飞，把我们从ED身边拉开了。

“哇！”

那是龙的魔力。我们根本无法抵抗，只能在地面上翻来滚去，即使停下来，依旧无法站起身。

“呜呜呜……”

就像是有一股无形的力量从上面压制着我们的身体，我们的身体又像成了铁块似的，总之，哪怕是一根手指都动弹不得。

“马、马克威斯尔！”

我听到少校挤出这样的声音。还能说话就已经体现了他惊人的能力，然而，即使是风之骑士，似乎也无法做出任何肢体动作。

我们亲身体验了龙那压倒性的力量。例如，如果对一支军队使用这种威力，那么士兵、装甲马、强化鸟、魔力武装舰队等构成军队的所有事物都会寸步难行，无法对任何地方发动进攻，最后只能在原地活活饿死吧。即使世界上的所有军队联合起来群起而攻之，肯定也只有失败的下场，这就是活着的龙的魔力。

ED 还是继续仰望着龙，丝毫没有理会动弹不得的我们。

在某种程度上，ED 的眼神可以说是毫无杂质。面对这样的眼神，龙终于开口了。

“你是说，要解开谜团吗？”

“是的。”

“你认为这是死去的龙的愿望吗？”

“我不敢肯定。但是……但是，我无法容忍龙的死亡给今后的世界带来不好的影响。”

“在旅途中，我们听了那些与龙见过面的人的故事。几乎所有的人，无一例外，都说龙丰富了他们的精神，他们也以此为豪——如果龙就这样简单地消失了，那么这些人的心情，还有他们拥有这种心情的事实，都会变成谎言……”

ED 的眼睛已经失去了焦点。

“我……讨厌这样的事。再也不想遇到这样的事了！”说着，他一个踉跄，终于倒在了地上。

然后，我的双眼确实看到了……这时，龙微微地眯起了眼睛。我不知道那个表情意味着什么。但是，龙代替昏倒在这里的 ED，看向我和少校问道：“这个人过去发生过什么事吗？”

“咦？”

“这个人刚才说‘再也不想’……这不是意味着‘曾经发生过同样的事情’吗？”

听了这句话，我恍然大悟。然后，我听到少校轻轻地倒吸了一口气。

“这……”

“和这个人戴着面具有关系吗？”

“尽管他是我的朋友，我也不能擅自把这件事说出来。但是，这个人曾经失去过属于他的世界，所以……”

“对于会有某些东西消失这件事，他无比认真，是这样吗？”

龙的声音听起来像是理解了。

对于我来说……从刚才开始，我就一直听得一头雾水……

汗水从额头流进眼睛，我下意识地用手擦了擦，咦？然后才注意到，不知不觉之间，身体已经恢复自如了！我跳了起来，少校也同时站了起来。

我们跑到ED身边，只觉得不敢相信自己的眼睛。倒下的ED还没有恢复意识，然而，他的右臂，刚才明明已经变成碎片的右臂，就像无事发生似的重新回到了他的身上。

“是、是幻觉吗？”

“不，地上全都是血呢……龙确实把我们吹飞了一次，然后就用魔法治好了……不，是让一切恢复原状了。”

少校用缓慢而切实的动作抱起ED的身体。

“你们告诉这个人——”

龙的声音从天而降，我们都抬起了头。

但是，龙的身影已经消失了。和出现的时候一样，不知何时就消失了。只有声音还在原地回响。

“既然向我发誓了，就一定要解开谜团——在那之后，才是他要求的‘交涉’。”

龙的声音变得越来越遥远。

“等、等一下！”

少校喊道，但是龙的气息逐渐减弱，接着就完全消失了。

我们哑口无言，只是仰望着乌云密布的天空。过了一会儿，为了设法改变这个困境，我开口说道：“但、但是……龙这种生物，比传闻中要仁慈呢。同伴被杀了，还帮忙把ED的手臂治好了……”

“不——倒也不是。”少校压低声音说。

我疑惑地看着他的表情，他就点点头，然后拿起ED的右臂，举起来给我看。

“啊……”我不禁叫出声来。

我看到，右臂确实是恢复原状了，而且原封不动地刻着死亡纹章。

“它、它明明说消灭了……”

“果然，龙并不是怜悯我们人类——只是暂时保留了对这件事的判断。”

在荒野上，少校严肃的声音夹杂在风声之中，让人很难听清。刚才就连ED沙哑的声音都能清楚听见的空间已经不复存在。

就这样，龙出现在我们的旅途之中，丝毫没有帮助我们解开谜团，只是给我们的使命增加了更多的负担，随后就消失得无影无踪。

## 3

听说有人时隔三十年，在无名荒野上目睹龙在空中飞行的身影，平时在困难水路担任领航员的阿纳斯急匆匆地赶往现场。然而，当他抵达的时候，龙已经消失得无影无踪。目睹世上所有的龙——这一持续二十多年的梦想，再次遭受挫折。

“可恶，我还以为是可靠的情报呢。”

他摇晃着那具横竖看来都很巨大的身体，懊悔不已。

“阿纳斯，你也不走运啊。”熟悉的酒馆兼食堂的老板嘲笑他说。

“你已经来过这里十次了，每次都是你回去之后，就会有龙的传闻开始流传。”

“真是的，有时候我都会想，龙可能早就认识我了，在逗我玩呢。”

他坐在吧台，一边喝着希基酒，一边发牢骚。

“不过，你还真了不起。你已经见过五条龙了吧？该不会是历史上第一个见过那么多龙的人吧？”

已经和阿纳斯很熟悉的当地常客拍了拍他的肩膀。

“你这样的人，就叫作真正的冒险者吧？”

“别说了，我连世界冒险者协会都没加入，只是个非法冒险者罢了。”

阿纳斯苦笑着摇了摇头，那个男人就气愤地说：“那种协会，就是给纨绔子弟准备的。他们支付昂贵的入会费，就只是为了装出冒险者的样子。所谓冒险者，就是像你这样，把自己赚来的钱都投入其中，不顾自身安危，到处去探险的男人。”

“哎呀，协会里也有很出色的人，不要这样说吧。”

阿纳斯笑了笑，喝了一口希基酒。接着，他又被人拍了拍肩膀。

“阿纳斯，你才是男人中的男人！”

“谢了。”

这时，从酒馆的里头，传来了其他客人点菜的声音。

“不好意思，再来一盘干蒸涅米鸡肝！”

声音听起来特别兴高采烈，阿纳斯不由得朝那边瞥了一眼。

只见一个戴面具的男人、一个年轻女人，还有一个身体健壮的男人坐在那边的座位上。他们看起来像是军人，却散发出一般军人所没有的自由气息。

阿纳斯有些吃惊，但不是因为那名蒙面男子。在这种偏远地区，戴面具的人并不罕见，也没有人会特意去打听这种事。吸引他目光的是另一个军人模样的男人。总觉得好像在哪里见过这个人。

老板把他们点的菜端到餐桌上。

“你怎么老是吃这个，已经是第三盘了。”

“哎呀，我有点贫血，要多吃些来补血。”蒙面男子开玩笑地回答。

“而且，这里的饭菜确实好吃。即使是为了补血，我也想挑好吃的来补呀。”

“就算拍我马屁，也不会给你少算账的。”

老板嘴上是这么说，但是看到客人津津有味地品尝自己做的菜肴，还是相当高兴。

“嘿……”阿纳斯不由得感叹了一声。这些人乍看之下穿着并不讲究，但是长年累月培养出来的识人眼力告诉他，他们恐怕是拥有相当地位或肩负重任的人。不过，他能看出，他们吃得津津有味的样子没有半点虚假。完全没有那种“大人物”惯有的“昂贵的就是好东西”的狭隘思维。

所以当老板回到吧台时，阿纳斯问他：“那边的是什么人？”

“就是刚才进店的，以前没见过的客人。”

“看他们好像很习惯呀？”

“大概是习惯旅行了吧？这么说来，刚才好像听他们说，在无名荒野上走了一趟什么的……”

“你说什么？”

阿纳斯的眼神变了。

“这么说来，他们看见龙了吗？”

“这就不知道了……”

老板的话音未落，阿纳斯已经站起身，朝那三人走去。

蒙面男子正在狼吞虎咽，另外两人则是哑口无言地看着他。

“呃，不好意思。”阿纳斯说。

“什么事？”仿若军人的男人抬起头。

“听说你们在无名荒野上走了一趟，可以把详情告诉我吗？”

“嗯，当然可以。”

男人指着空着的座位，点了点头。

“谢谢。我的名字是——”

“是阿纳斯·普兰特吧？‘寻龙的阿纳斯’，相当有名的。我知道你。”男人笑了起来。

“真是荣幸啊。那你叫什么名字？”

“我是希斯罗·克里斯托夫。”

阿纳斯听了，大吃一惊。

“那么，你就是‘风之骑士’吗？”

“确实有人这么称呼我。”

“很高兴见到你。”

阿纳斯伸出手，希斯罗就和他握了手。

“你要问的，当然是关于龙的事吧？”

“是的。你们在荒野上行走的时候，有注意到任何奇怪的事情吗？什么都可以，只要说些小事就好。”

阿纳斯这么说的时候，坐在希斯罗旁边的年轻女人“呼”地叹了口气。

“嗯？”阿纳斯看向她，希斯罗就说：“啊，还没来得及介绍。这位是莱泽·利斯卡瑟，那边戴面具的是爱德华兹. T. 马克威斯尔。”

“请多关照……”

名叫莱泽的女人点头致意，表情略显僵硬。而名叫爱德华兹的蒙面男子甚至没有从食物之中抬起头来，只是说了声“你好”。

“请多关照。”

阿纳斯点点头，然后重新看向希斯罗。

“那么，关于龙的事……”他兴冲冲地问。

但是，希斯罗摇了摇头。

“非常遗憾，并没有任何特别的事情。当时天空中乌云密布，即使有龙在天上飞，我们也看不见。”

听了这个冷淡的回答，阿纳斯并不气馁，坚持问了更多细节的问题，但是希斯罗仍然一口咬定“什么都没有”。

“是吗……”阿纳斯显得非常失望。

“抱歉，我们让你白期待了。”看到阿纳斯如此沮丧，希斯罗心里有些不忍，就安慰道。

“没关系，这是常有的事。我已经习惯了。”

阿纳斯勉强微笑着摇摇头。这时，莱泽小心翼翼地插嘴道：“可是……为什么你对龙这么执着呢？恕我冒昧，像你这样的人，在社会上……”

听了她的话，阿纳斯耸了耸肩，轻轻地摊开双手。

“哎呀，小姐，这就是价值观的差异。对于我来说，见到龙的第一眼，身体就像有一股电流通过，这种感觉比起胸前的勋章要来得刻骨铭心啊。”

“但是，不也会给日常生活带来很多苦处吗？”

“哎，大概是我在这方面很迟钝吧，一点都不觉得苦。”

他咧嘴一笑，然后对莱泽眨了眨眼。

“龙吗……”

“对了，如果你们有兴趣的话，可以去一个叫罗米亚萨卢斯的地方看看。那里的龙对人类非常宽容，只要有当地管理人的许可证，立刻就能见到它。不过，还是要花一笔巨款。”

“你是说，罗米亚萨卢斯吗？”

莱泽垂着头，脸上的表情也不太自在。尽管如此，她还是提出了问题。

“请问，你是见过那里的龙吗？”

“是啊，已经见过五次了。因为很容易见到，所以不算什么冒险。不过，与龙见面真的很开心。只要存够钱，我就会去见它。”

阿纳斯眯起眼睛，露出愉快的表情。

“就在大约五个月前，我才刚去过一次呢。它还是像往常一样，不知道有没有在听我说话，而且它说的话高深莫测，我几乎都听不懂。但是，嗯，是啊……只要见到龙，我就觉得人生充满了勇气啊。”

“是吗……”莱泽低着头喃喃道。

我觉得很难受，实在无法再继续听阿纳斯先生说话了……

踏上旅途之前，当少校得知阿纳斯先生是其中一名犯罪嫌疑人时，曾经说过：“这个人，根本不需要我们去找他。只要散播关于龙的传闻，三天之内他就会自己飞过来。”

于是，就像少校说的那样，我们去见龙之前，就事先委托七海联盟进行了一系列的情报工作。但是——

但是，不可能是这个人……

这位阿纳斯先生将成功和荣耀都抛于脑后，把整个人生都奉献给了龙。他根本就不可能被称为嫌疑人。他的立场就是完美的受害者。如果知道罗米亚萨卢斯的龙已经被杀了，他该有多悲伤。

用ED的话来说，“如果是他杀了龙，肯定早就下手了。而且，他肯定不会不知道，如果龙出了事，第一个被怀疑的就是和龙见过那么多次面的自己。所以，他不可能临到下手的时候，还满不在乎地出现在行凶现场”。即使在我这种不擅长推理的人看来，他的清白也显而易见。

说到ED，面对之前那些见过龙的人的时候，他都会贪婪地问个不停，面对阿纳斯，他却什么都没问，只是默默地吃着饭菜。大概是还不太有精神吧？虽然手臂已经恢复原样，但是他可能还没有从受伤和失血带来的精神冲击之中恢复过来。至于少校和阿纳斯先生，则仍在交谈。

“对了，普兰特先生，你接下来有什么计划吗？”

对于少校的问题，阿纳斯先生苦笑着摇了摇头。

“没有，我来这里之前就把工作方面的预约全部拒绝了，所以接下来会有半年的空闲时间。我打算在这附近逛逛，反正也没什么要事，就考虑在某个矿山找份工作。”

“如果是这样，你愿意当我们的向导吗？”

“你们的向导？即使是危险的地方，风之骑士也不需要什么向导吧？”

“我们不是单纯要经过，而是要在那里找一个人。而且，我们要去的地方是巴特洛古森林。”

“什么？那种地方居然有人居住吗？”

“是的，那个人的名字好像是叫拉尔萨罗夫，但我们不知道他的详细信息。我们有事要办，所以无论如何都要见到他。”

没错——那个叫“拉尔萨罗夫”的人，就是这起事件的第五名嫌疑人，他的背景完全不明，在某种意义上是最可疑的人。在罗米亚萨卢斯，他自称是一家贸易公司的成员，但是调查显示，那样的公司并不存在。

其实地址也不知真假，但因为实在太可疑了，所以我们必须要去那个地方看看。

“嗯……好像有隐情啊。”

“你愿意接受吗？”

“如果能帮上忙的话，我很乐意。况且巴特洛古森林，我以前也去过三次。”

“谢谢，帮大忙了。”

少校和阿纳斯先生又握了握手。这时，ED 抬起头来。

“呃，阿纳斯先生。”

“怎么了？”

“等你见过所有的龙之后，你有什么打算？”

我觉得这个问题非常无礼，正打算责备他，阿纳斯却领先一步，爽快地回答：“嗯，我打算再和它们见一次面。对了——”

他咧开嘴笑了。

“希望下次再见的时候，不只是见面，还能和它们成为朋友。”

“原来如此。”

ED 点了点头，似乎认可了这个答案。然后，他低下头。

“我不是希斯和莱泽女士那样的专家，肯定是最容易给你添麻烦的人，但还是麻烦你当我们的向导。”

这个性格乖僻的人，居然一反常态地表现得如此诚恳，我和少校都有些不知所措，但很快就领悟了。

虽然无法用语言表达，但是 ED 正在为龙的死亡，向阿纳斯道歉。

“好啊，交给我吧。”

阿纳斯先生就算做梦也想不到这件事，只见他露出可靠的笑容，还竖起了大拇指。

就这样，我们踏上了前往巴特洛古森林的旅程。这时候，对于如何进入险地，我们都有些紧张，然而我们还是太天真了。

我们没有预料到，那个地方将会成为从旅途的起点就纠缠不休的死亡阴影以及与我们决战之地的入口，同时也是通往被诅咒的地狱的道路——

“谢谢惠顾！”

酒馆兼食堂的老板面带笑容，目送着出手阔绰、点了多个菜肴的三名客人和阿纳斯一同离开。

与此同时，一名客人站起身来，把账单放在吧台上，然后走了出去。他的脚步很稳，老板不禁有些奇怪。因为那个客人喝了很多酒，老板以为他肯定会酩酊大醉。

他的脸色似乎很苍白，或者一片通红？不知为何，老板对他的印象很浅，甚至连他的长相都记不清楚。

哎呀，无所谓啦。

店老板伸手去拿客人放在吧台上的钱。就在那一瞬间，他听到有人说话的声音：

“毒……”

“一切都会变成毒药……”

*

接到报警的边防警卫队进入这家店时，店里的所有人，无论是客人还是老板，都已经惨遭无差别的杀害，只有无数的尸体倒在地上。

“呜……”

店内弥漫的恶臭，让一名队员捂住了鼻子。

“这、这是什么啊……”

所有的尸体，不是口吐大量鲜血，就是呕出已经吃下的食物，然后死亡。而且，有些人似乎是挠着喉咙死去的。

“是咒杀……”队长轻声说道。

“这种死法，与战场上使用的某种咒杀地雷的效果非常相似。那种咒语，就是用来对触碰机关的人和他们周围的人实施滥杀。”

“什、什么？为什么那种东西会用在这种无关紧要的店里？就算是离这里最近的战场，也要跨越三个国家啊？”

“这就不知道了……但是，这里离战场很遥远的说法是不正确的。尽管世界被国境线等划分为不同的区域，实际上这些边界却模糊得多……对于那些正在战斗的人来说，无论去到什么地方，那里肯定都属于战争的延伸范围，是他们所处的战场之一。”

“那、那么……”队员们只觉得喉头一紧。

“是在这里进行了战斗吗……还是……”

“这家店的人，恐怕只是被牵连了……为了防止外面知道这里发生了什么事，仅仅因为这样，就被斩草除根……”队长咬牙切齿地说。

“虽然不知道是谁干的，但是凶手根本不在乎杀人，哪怕是几十人，不，甚至是几百人。不管在哪里，他都在随时做好杀戮的准备……说不定，那家伙是——”

然而，队长把接下来的话咽了回去。那个名字实在太过传奇，在年轻队员听来，恐怕会不太现实。

他命令部下们对酒馆进行检查。但是，即使花了几个小时，他们也没有发现任何线索，所以队长不得不申请将这些惨不忍睹的尸体搬出去，以便妥善安置。

钱还放在吧台上，但它早已失去了凶器的属性，所以没有人注意到。就这样，惨剧的后续，在所有人都不知道的情况下，转移到了遥远的巴特洛古森林。

# 第六章　暗杀者的森林

a case of dragonslayer

# 1

由阿纳斯先生掌舵的小船以惊人的速度溯流而上，森林的奇异景观就像在诱导似的，将我们逐渐包围起来。

“那是什么？”

我看着那些如同螺旋楼梯般，在河边扭曲着伸展的树木，叫了起来。

“那些植物可能本身有重力咒语。所以它们可以在水平或垂直方向生长，而不被自身的重量压垮。这种东西，在这一带并不罕见。”

“这样啊……”听了阿纳斯先生的解说，我不禁感叹起来。不光是那些树木，这里到处都是类似的奇怪生物。

大约在三百年前，魔法技术还没有发展到像今天这样普及的地步，只有一部分天才，仅仅是凭着与生俱来的才能，就足以将无限制的魔法运用自如。这样的人被称为大魔导师，他们拥有只手遮天的权势，相互之间还展开了激烈的争斗，这就是所谓“大规模魔导时代”。据说在当时，巴特洛古这个地方还是一片荒野。奥利瑟·库奥尔特和李·卡兹——这两位拥有超凡能力的魔女就是在这片土地上，以自己的生命和世界的命运为赌注，展开了激烈的战斗。结果，这片土地上发生了大量由魔法咒语造成的污染，同时也导致这里发生了魔法属性的生命大爆发。

因此，这片森林和其他地方相比，完全就是截然不同的世界。从生态系统到生物学常识，一切都相差甚远。

我们就是在这样的森林之中前进。

要想根据神秘访客在罗米亚萨卢斯留下的地址，前往阿纳斯先生推测的地点，光是乘船沿着河流前进是不够的。于是，我们在中途下船，上了岸。

我们一边前进，一边避开各种危险，例如为了穿过树木的缝隙，体内发育出飞行咒语，翅膀已经退化的鸟类；又如为了防止接近的外敌攻击而不断放出电击来保护自己的花朵。

阿纳斯先生走在前头，接着是ED和我，最后是少校。

“不过，这里感觉就是真正的秘境呢。”

ED对阿纳斯先生说，后者便笑着告诉前者：“不要轻易把这里生长的果实放进嘴里哦。这些都是生成了特殊咒语的东西，会被诅咒的。”

ED点点头，然后问他：“我们都要小心。话说回来，阿纳斯先生，你能想象吗？有人住在这种连食物都缺乏的地方，是出于什么心理呢？”

“要么是性情乖僻，要么是厌恶外面的世界，要么就是在修行吧……我就肯定不会这样了。”

ED和阿纳斯先生一起友好地笑了起来。

意外的是，我们之前都担心在体力和经验方面有所欠缺的ED，现在反而是负责垫后的少校的脚步有些迟缓。我回头去看他，只见他独自站在远处，我一打招呼，他就小跑着追上来。

“怎么了？”

“嗯……没什么。”少校这么说着，脸上的表情却有些阴沉。

我感受到了他作为战士的本能，对他悄声说：“难道……有人在尾随着我们？”

“不知道……这种感觉时有时无……也许是这地方太异常，我警戒过头了吧。”

少校摇了摇头。

“而且阿纳斯好像什么都没有感觉到，可能是我太神经质了。”

“提高警惕并没有坏处。我也会注意的。”

“嗯……”

少校还是有些纳闷的样子。

就这样，我们朝着这片异域森林的深处继续前进。

大约两个小时后。

出乎意料的是，在我们的目的地，有一座看似普通住宅的圆木小屋。用于建造的木材似乎都是从附近采集的，所以小屋也扭曲成奇怪的形状，但是看上去还是一座像模像样的建筑。

“没想到真的有……”

就连一向对奇怪的东西特别有兴趣的ED，这次也是毫不掩饰警戒的神色。

“但是，没有人的迹象啊。虽然走了这么远的路，对你们来说也是很遗憾，这应该是无人居住的房子吧？”

不了解内情的阿纳斯先生显得很无忧无虑。

“要是无人居住的话，倒还好……”少校先其他人往前走了一步。

不管怎么小心谨慎都是合情合理的。因为，说不定把我们叫来这里的人就是“杀龙凶手”。

“利斯卡瑟女士，阿纳斯先生和马克威斯尔就拜托你了。”

“是。”

我摆出战斗的姿势，准备保护ED和阿纳斯先生。

“你们想干什么？”阿纳斯先生眨着眼睛问。

“只是想敲敲门看看。”少校简洁地回答，然后站在圆木小屋的门前。

因为充分考虑到墙壁本身就是陷阱的可能性，他刻意放弃了沿着墙壁来隐藏自己的做法。

然而，少校敲了敲门，没有任何异常。

“总之……”

就在少校这样说着，回头看向我们的时候。

“嘎吱”——这扇似乎多年没有开过的门，竟然自动打开了。

少校跳跃着往后退，我也拔出腰间的短剑。但是，门只是打开了，没有发生其他事。

但是，过了一会儿，我们就逐渐发现，奇怪的事情果然还是发生了——那就是气味。有一股很好闻的气味，从打开的门里传出来。

“这是……泡雷米茶时的香味吗？”阿纳斯先生说道。

我们也分辨出来了。问题是，那是ED的最爱，在旅行期间也一直在喝的东西。

这、这是……

正当我们屏住呼吸时，小屋里终于传来了声音。

“大家怎么了？难得来了客人，所以我泡好了茶，在等着你们呢。”

那声音就像唱歌一样，高音部分奇妙地拖着音，让人印象深刻。我和少校仍然保持着战斗的姿势。

“你是——留下这里地址的人吗？”ED提问了。

“正是。”

那个人的口吻听起来格外悦耳，就像歌手一样。

“你为什么特意住在这种地方？”

于是，他用笑声来回答。

“你们特意来到这里，不是为了问这种问题吧？”

“什么意思？”

笑声再次响起。

接着，他手里拿着茶壶，出现在门口。那是个瘦骨嶙峋的男人，手脚细得就像棍子，只有肩膀宽得像个笑话，却丝毫不会让人觉得他粗壮，活像一个弥次郎兵卫[1]。

男人的五官轮廓分明，似乎有着北方的血统。但是，他出现在这里，最让人觉得异常的地方，就是他的服装。

在这种远离人烟、只有奇怪的自然生物繁衍生息的地方，他居然穿着一套熨得笔直的白银色礼服。

这家伙是……

那个男人依次向我们四人点头致意。

“初次见面，我是拉尔萨罗夫·R。”

他向我们自报家门。

“那是本名吗？”

ED问。

只见拉尔萨罗夫的脸突然一僵，然后他就把手里的茶壶摔在了地上。水壶冒着热气，所以泼到他脚上的肯定是热水，但是他却对此毫无反应。

拉尔萨罗夫全身颤抖，突然朝我们怒吼：“我在自报家门呢，你不要光顾着提问啊！”

那是一声可怕的尖叫。我们都有些震惊。

接着，他又嘟哝了几句，就像是脖子痉挛似的，不住地点头。

---

1　弥次郎兵卫是日本的一种传统玩具，呈人形，躯干的两边很细，末端挂着重物，使得整体保持平衡。——译者注

“算了，反正你们的事，我全都知道。”他这样说着，自作主张地说服了自己。

“你是从哪里开始尾随我们的？”

“没必要回答。”

“你是那场‘战争’的相关人员吗？”

“没必要回答。”

“你看起来不是军属，难道是有人花钱把你雇来的吗？”

“没必要回答。”

拉尔萨罗夫的回答是完全相同的音调，就像是在重复播放事先的录音。

“到底是为了什么……”

ED正要继续提问的时候，拉尔萨罗夫突然放声大笑起来。

“适可而止吧，你这个大傻瓜！你怎么就不问平常的那个问题了？”

ED正在支支吾吾，拉尔萨罗夫就继续说道：“我全都知道——你想问的是，‘是你杀了龙吗？’”

话音刚落，我的身后就传来阿纳斯先生吃惊的声音。

“你说什么？这是什么意思？”

“啊？什么意思？”

拉尔萨罗夫冷笑了一声。

“这些家伙是从罗米亚萨卢斯来的，没错吧？不过啊，我真正想说的是，现在说这个已经没有用了——因为你们所有人，都会死在这里！”

拉尔萨罗夫喊道，就在那一瞬间，少校的脚在地面上一蹬。眨眼之间，他已经跃过去，用手上的剑把拉尔萨罗夫，从头顶到身体劈开两半——正当我这么认为的时候，我莱泽·利斯卡瑟的意识就像蜡烛被吹灭一样，坠入了黑暗之中。

希斯罗在斩到“它”的瞬间，就意识到了自己的错误。

杀气是真的，时机也很危险，所以不得不选择先发制人的战术，但是他的这种判断力恰恰就是敌人乘机设下的陷阱。

关键在于刚才的茶壶。在希斯罗的斩击之后，刚才还是拉尔萨罗夫的物体就变成了敌人反射杀气的咒符装置。

利用热气投射出自己的身影——也就是说，那家伙已经上套了！

当希斯罗回头的时候，小屋的门就在他的面前“砰”的一声，自动关上了。

接着，将他从其他人的身边拉开，把他关起来的这座小屋，好像活物一样颤抖起来。不，不是“好像”。它现在已经变成了真正的活物。希斯罗还是太小看巴特洛古这个地方了。

那是伪装成树木来捕捉猎物的食肉兽。拉尔萨罗夫巧妙地掩饰了这一点，并将它用作陷阱——原来这座小屋是盘成了四方形的魔大蛇。

当ED看向莱泽的时候，一切都已经结束了。

莱泽的后脖挨了一击，倒在地上。阿纳斯的后背被砍出了很深的伤口，鲜血四溅，同样倒在了地上。

拉尔萨罗夫就站在对面。

“你好啊，战地调停士——”拉尔萨罗夫平静地说，“我要让你陪我一会儿。”

“你说什么？”

“趁风之骑士落入陷阱的时候，我们要离开这里——然后，我会让你说出你们的目的……”

说着，拉尔萨罗夫用脚将倒下的莱泽像踢球一样踢起来，然后将昏迷不醒的她扛在肩膀上。他把手里的短剑对准了她的侧腹。这个杀手的动作非常快，单论速度，他显然拥有与风之骑士匹敌的能力。

“你是无法拒绝的。如果你还珍惜这个女人的生命。”

ED 默默地咬紧牙关。

*

——到底是怎么回事？

感觉身体在越来越冷、越来越沉重时，阿纳斯在脑海里只是反复回味着刚才听到的那句话。

“杀了龙……”

“杀了龙……”

“杀了……”

到底是怎么回事？

到底是什么意思？

他已经失去了视力。周围一片漆黑。尽管如此，他还是完全没有意识到自己的痛苦和处境。他甚至不知道刚才发生了什么事。他的注意力只在于龙……龙到底是怎么了？

“从罗米亚萨卢斯来的……”

“杀了龙……”

那句话到底在说什么啊？

真是莫名其妙。任何人都不可能对龙做出任何事情，但是偏偏……把龙怎么了来着？

杀了……杀了是指……被杀了……被杀了……就是死了……死……

他的大脑再也无法思考更多的事情，意识就这样渐渐模糊起来。

什么意思……

什么意思……

什么意思……

什么……

——就这样，终其一生都在追寻龙，凭着自己的努力与诚实，受到全世界的专家的尊敬，孤傲的冒险家阿纳斯·普兰特，就在混乱之中空虚地走完了自己的一生。

在距离阿纳斯的尸体只有些许距离的地方，看上去就像圆木小屋的那条魔大蛇，只是挣扎着发狂了一瞬，随即就停止了动作，接着在下一瞬间四分五裂，变成了向四面八方飞散的碎片。它的那颗头颅，长着比人的手臂还粗的獠牙，同样也在空中旋转着，然后落在地上，一分为二。

魔大蛇临终时喷出的血花，就像雾一样在周围扩散。血雾中的身影，是双手持剑的希斯罗·克里斯托夫。

“呼……”

他重重地吐出一口气，挥起剑来，把沾在身上的血浆甩掉，然后立刻走到外面。但是，外面已经没有任何活人。拉尔萨罗夫早就带着两人逃走了。

看着地上的阿纳斯的尸体，希斯罗悲伤地皱起眉头，随即又抬起头，奔跑起来。

在“战场”上，任何人都没有时间为死者停下脚步。

2

当我醒来的时候，事态已经发展到了无法挽回的地步。

“呜……”

我的全身都麻痹了，动弹不得，眼睛也看不清楚。

“你总算醒了——”

我把脸转向声音传来的方向。刚才那个叫拉尔萨罗夫的男人就坐在倒木上看着我。我好像是躺在地上，地点仍是在森林里。而且，我被绑起来了。周围还张开了由咒语形成的结界，一片浅绿色覆盖了整个空间。应该是为了隐藏起来吧。

“都怪你睡得那么悠闲，瞧，把那边的蒙面人搞成什么样子了——”

我顺着他手指的方向，勉强转过头去，下一秒就差点叫出声来。

ED 在那里，和我一样被捆绑着。

然而，他身上到处都是细密的刀伤和新鲜的淤青，像一堆破烂似的，倒在地上。

“怎、怎么能下毒手……”

“那家伙的身上有‘死亡纹章’这种可怕的东西，拷问起来真够麻烦的。既不能用咒语来施加痛苦，又不能割掉他的手指或耳朵，只能用这种着急不得的方法，太费事了。”

拉尔萨罗夫用一种平静、毫不在乎的口吻这样说。

我根本没有余力对这句话做出反应，只是拼命地呼喊 ED 的名字。这时，他睁开了藏在面具下的双眼。

“我能听见，莱泽女士。”然后，他露出了虚弱的微笑，“就像他刚才说的，如果不小心伤到我，咒语就会有暴发的危险，所以他是不可能让我受重伤的。”

他的声音很轻，听起来却很坚定。我松了一口气。

“没有这个必要。”拉尔萨罗夫冷笑着说。

“只要让他当场死亡就不会有影响。再说，只要把他扔在这里，他就会被野兽吞食而死。等到咒语暴发的时候，我早就离开这片森林了。”

“ED……没事吧？”

我仔细看了看ED的脸。拉尔萨罗夫似乎没有摘下ED的面具，只是用棍子或其他工具反复殴打他。因此，他的脸上有被面具的边缘划伤的痕迹。

“不管我怎么说，他都不相信我，真是太辛苦了。”

ED露出苦笑的表情，叫人惨不忍睹。

“当然！”突然，拉尔萨罗夫开始怒吼。

“龙被杀死了，旅行的目的就是为了调查这件事？开什么玩笑！”

拉尔萨罗夫站起来，朝倒在地上的ED的侧腹踢了一脚。

“你要干什么！”

这个男人似乎没有听到我的呼喊。

“你倒是说啊，要怎样才能杀死一条龙！哪里会有办法杀死那种荒唐的东西！”

“你看，一直就是这样。这脑筋也是够顽固的——”

ED一边呻吟，一边朝我眨了眨眼睛。他的意志有多坚定，我多少也能想象得到，但在这种情况下还敢挖苦对方，这也真是太……所以，我只能哑口无言。

“真正的目的到底是什么！除了停战协定，七海联盟还有别的目的吗？签订仪式是有意准备的幌子吗？”

拉尔萨罗夫抓住ED的衣领，把他拽了起来。但是，ED却在这时候说话了。

“你见过龙。不知道是为了伪装自己潜伏在罗米亚萨卢斯的事，还是为了对龙的威胁进行确认，总之你见过一次……”

在被拷问的过程中，ED反而开始提问。

“当时你是什么心情？你是暗杀者，恐怕龙已经看穿了，你曾经杀过几个人……不，是几百个人吧？总之，它恐怕发现了你杀过很多人吧？因为，你的身上肯定有诅咒——”

“少废话！”

拉尔萨罗夫又把ED摔回地上，还朝他戴着面具的脸踢了一脚。

“我没有时间陪你演戏！”

“但是，我也很拼命啊。”

ED的嘴角不住地流着血，他的话却停不下来。

“和见过龙的人见面，如果不能从中获取任何线索的话……我就没脸去见被你杀死的阿纳斯先生了。”

“闭嘴吧，傻瓜！”

拉尔萨罗夫一次又一次地踢过去。我也不停地叫喊着让他停下。

“哼！”最终，拉尔萨罗夫气喘吁吁地离开了ED。

“开什么玩笑……混蛋。”

然后，他从怀里取出一根烟管，点上火，粗暴地抽起来。

看到刻在烟管上的装饰，我大吃一惊。

拉尔萨罗夫好像注意到了我的反应。他转过头来，咧嘴一笑。

“哦，你是明白了吗？”

于是，他举起烟管给我看。烟管上镌刻着曾经被称为“暗杀王朝”的家族的纹章，毫无疑问，这是专用品。据说如今的扎伊拉斯侯爵家只继承了这个家族的部分血统，这个已经灭亡的王国的名字就是……

“雷里希？”

这家伙竟然与历史上的传奇暗杀者家族有关系吗？

这时，拉尔萨罗夫心满意足地露出了狰狞的笑容。

“马上就能看出这东西的价值，看来你这女人也挺厉害的。”

“扎伊拉斯侯爵家有介入这件事吗？”

“不要把我和那些旁系混为一谈！”拉尔萨罗夫又怒吼起来。

“我是雷里希的正统——神圣王朝的血脉！”

“不可能……雷里希王室的血脉，哪怕是妇孺，当时都被革命政府处死了。”

听了我的话，拉尔萨罗夫冷笑了一声。

“那只是表面上的故事。雷里希的光荣血脉永远不会断绝。你也知道王朝的最后一位国王——列库马斯·雷里希有多达七十名妻子吧。实际上，他还对更多的女人出手了，例如女用人。”他得意地说。

我的心里有种不祥的预感。

“是的，在那场愚蠢的革命中，有一个怀上了列库马斯王的骨肉的女人，顺利地逃了出去。那就是我的祖先。据说这根烟管，就是国王赠予她的信物。再也没有比这更有力的证据了吧？”

拉尔萨罗夫放声大笑。

“我是一个娼妇的儿子，童年的时候根本就不知道这回事，但是把我培养成暗杀者的师父，在临死前把这个秘密告诉了我！从那时起，我就以这份工作为荣，致力于使光荣的雷里希事业及艺术在现代社会复苏！因为我是这个历史悠久的血统的继承人！”

拉尔萨罗夫发出了肆无忌惮的疯狂笑声。

“这、这……”

这种故事，当然是假的。那根烟管，也许真的是在革命的混乱中，被女用人拿出去了，但所谓的王室血统，不用想都知道是那个小偷把烟管卖给黑市商人时，为图方便编造的谎言……我是这么想的，但我选择把这些话咽进肚子里。如果真的说出口了，这个男人一定会发疯，失去理智。他的眼神就是这样告诉我的。

拉尔萨罗夫完全没有注意到我的表情变化，只是沉浸在自己的世界里，滔滔不绝地继续说道：“王朝的复兴——为此，我需要金钱。所以，为了兼顾这个目标和实际利益，我现在受雇于人。虽然我对愚民的所作所为不感兴趣，但是既然接受了委托，作为王者的矜持就不允许我放弃这份工作。所以，我会消灭所有碍事的人，哪怕对手是风之骑士。”

听了这番话，我的心里还是很平静。

虽然阿纳斯先生被杀了，我和ED也成了他的俘虏，但是少校肯定正在寻找这家伙，而且恐怕已经非常接近了。

我们还没有离开危险的巴特洛古森林——这就意味着，只要这家伙现在稍有动作，就会被少校发现。

“你以为自己能战胜克里斯托夫少校吗？在当今世上，风之骑士的威名比雷里希的暗杀者更要如雷贯耳。就算是你，肯定也会害怕他。”

“我才不怕！”

拉尔萨罗夫的声音变得尖锐起来。

“那家伙确实没有能让人攻击的要害，要杀他，怕是比对付一国的军队还要难……但是，我一直在观察你们，已经发现了他有一个致命的弱点！”

“他并没有弱点。”

“可惜啊，就是有的。”

拉尔萨罗夫发出了“嘿嘿”的卑鄙笑声。

“那就是你，莱泽·利斯卡瑟。”

“咦？”

“那个男人爱上了你……所以我才会特意把你绑架来这里。你是人质——不，在这种情况下，说得更积极些，你就是对抗风之骑士的武器。”

“咦？”

我想，这家伙到底误会了什么？他说少校对我怎么来着？

“这是不可能的……”

“也许你对他没有什么想法，遗憾的是，他肯定是爱上你了。否则，你觉得本大爷为什么要留下你这个女人的性命呢？”

我并不是对少校没有任何想法。恰恰相反，我其实对他……但是，我仍旧不明白这家伙究竟在说什么。

“少校会把我当作不得已的牺牲，选择无视我。”

“这个男人才会被牺牲吧。”拉尔萨罗夫向ED的方向抬了抬下巴。

“我的工作是要破坏停战协定……所以，我肯定不会让这个战地调停士活下来。风之骑士肯定也预测到这一点了。但是，你是局外人——卡塔他的军人。说白了，对于我来说，你是死是活都无所谓。所以，他肯定不会放弃任何将你救出的机会。证据就是……”

“证据就是，希斯还没有离开这片森林，莱泽女士。”ED突然插嘴道。

“如果只是优先任务，他早就出去了……他必须无视我们，尽快向七海联盟报告有人企图妨碍停战协定的签订，所以……”

“谁允许你进行说明了？”

拉尔萨罗夫又踢了ED一脚。

少校曾经说过……对于今后的世界来说，ED是必不可少的人才。如果我坐视他在这里被杀，以后就没脸去见少校了。更重要的是，无论如何，我绝对不能成为束缚少校的枷锁，不能成为伤害他的武器。因此……

只要我消失了——当我这么想的时候。

ED一边挨着脚踢，一边盯着我说道：“所以……莱泽女士，请你不要轻举妄动。希斯一定会来救你，千万不要因为顾忌我，就把自己的生命置于危险之中。”

“我让你闭嘴！”

ED被折磨得更狠了。

我已经不知道该怎么办了……

这时，结界外传来“咚”的一声巨响。

“你看，来了……”满身是血的ED笑着说。

低头看着ED的拉尔萨罗夫“啧”了一声，然后把头抬了起来。

“咦……”

我注意到，覆盖着我们的结界是经过调整的，结界内的声音不会外泄，但结界外的声音会听得更清楚。我们听到的声音显示，外面似乎正在发生一场激烈的冲突。

“希斯杀死了那条魔大蛇，于是森林里的其他生物都把他识别为‘外敌’了……所以，只要希斯突然移动，周围的生物就会判断这是危险的征兆并向他发动袭击……即使和那些生物战斗，他也确实正在接近我们。出于战士的敏锐感性，他循着我们的气息和拉尔萨罗夫的杀气追踪过来。这些都是结界无法掩盖的东西。”

ED说了这番话，拉尔萨罗夫却不再踢他了。他集中了全部精神，准备对付步步逼近的敌人。这种快速切换，正是拉尔萨罗夫作为一级暗杀者的证据。

怎么办……我陷入了绝望之中。然而，就在这时。

ED看着我，嘴巴一张一合。拉尔萨罗夫没有看着ED，所以没有注意到。

我恍然大悟。ED正在使用无声对话术，试图向我传达一些事。

“发出声音来……”他是这么说的。

“别让他听到我这边发出的声音，你来引开他的注意力。”

我不太明白这个指示的意思，但是我清楚地意识到了一点。

ED打算战斗。

他不打算坐以待毙，也不是因为意气用事，才一直对拉尔萨罗夫采取挑衅的态度。他有办法，所以一直在等待机会。

直到这时，我才终于明白，为什么少校会对这位爱德华兹·希兹沃克斯·马克威斯尔如此器重。

这个男人，一旦下定决心，就绝对不会放弃。为了达到目的，他身体的痛苦根本就无关紧要。

当我回过神来的时候，我已经毫不犹豫地按照他的指示行动了。

“啊啊啊啊啊啊啊！”我硬是从喉咙里挤出尖叫。

“嗯？”拉尔萨罗夫看着我。我拼命叫得更大声了。

“在这里！少校！我在这里！我在这里！救命！快来救我！”

我一边惊讶自己居然会发出这样的声音来，一边不停地叫喊着。

“哼！”

拉尔萨罗夫用一种发自内心的蔑视眼神盯着我。

“就算你这么叫，外面也听不见。”

“哇啊啊啊！我不想死！我不想死啊！救命！”

我毫不在乎，只顾着继续叫喊。虽然身体被绑得结结实实，但我还是挣扎着跳来跳去。

“喂，够了！就算你是人质，我至少也能让你挨上一拳！”

拉尔萨罗夫抓住我的衣领，把我拽起来。我还是继续挣扎着大声叫喊，当拉尔萨罗夫用三根手指掐住我的喉咙时，我立刻就发不出声音来了。他似乎是使用了点穴的特殊技术。

求你了，一定要赶上——正在我向上天祈祷的那一瞬间。

“咔嚓”。

我和拉尔萨罗夫的背后传来这样的声响。

我和暗杀者同时回过头去……但是，我们对于眼前情景的理解，有着决定性的差异。

ED 在那里。

不知道他到底是如何办到的——原本捆绑他的绳索，现在就脱落在他脚边的地上，仍旧打着死结。他大概要先让关节脱臼，等到脱身之后，再把关节复位……因此就有必要让我当诱饵来转移注意力。

但是，问题不在于 ED 出人意料的绝技，而在于他拿在手里的东西和面向这边的筒口。那东西小得可以让他完全拿在手里，如果不知道那东西是什么，大概就会觉得莫名其妙吧。但是，我知道那是什么。

因为在这次旅途当中，我见过那东西，还被它给吓了一跳。纳尼亚女史告诉过我，那东西的名字是——

手枪臂！

刚才的“咔嚓”一声，就是ED用手拉动那东西（界面干涉学的研究对象）枪栓的声音。

拉尔萨罗夫显然不知道那是什么东西。尽管如此，这个暗杀者还是立刻反应过来，并做出了判断。

他把我这个累赘推开的同时，毫不犹豫地把装备在手腕上的刀扔向了ED。因为事出突然，他刚才所说的“反正战地调停士就是要杀掉”的时间就提前了。

然而，此时在这里发生的事情，并没有寻常到依靠这种惯常的判断力就能解决。现在正是来自异世界的事物所带来的疯狂一刻。

爆炸的声音轰然响起。

几乎就在同时。

ED手上的那东西喷出火来，然后拉尔萨罗夫——这个据说杀害了几百人的暗杀者，他的脑袋就像西瓜一样，“啪”一声炸开了。

与此同时，暗杀者的刀插在了ED的脸上。

“呜！”

即使喉咙发不出声音，我还是尖叫起来。

但是，ED并没有倒下，而是保持着手握手枪臂的姿势继续射击。

拉尔萨罗夫已经有一半的脑袋被炸飞，在后续的射击之下，更是被打得旋转起来。六枪之后，尸体终于倒在了地上。

ED的脸上还插着刀。这时，脸上的面具裂开了，和刀一起掉在地上。

——刀尖勉强没碰到面具下脸部的致命部位，只是裂开了一层皮。

拉尔萨罗夫作为一名半吊子的暗杀者，因为接受了太多的训练，所以条件反射地瞄准了敌人的眉间——这就决定了这场战斗的胜负。如果他是普通的战士，就会瞄准敌人的胸部，如果他是一般的装甲骑兵，手枪臂的子弹就会被魔法防御反弹回去。然而，他是一名过度专注于攻击的暗杀者，正是这一事实夺走了拉尔萨罗夫的生命。

“啊……”

我松了一口气，同时也看到了无法想象的情景。这是我第一次看到ED的真实面目，他的脸上刻着刺青，围绕着左眼，是一种特殊的蛇形纹样——

那个……难道是“俄菲翁”？

ED操作着手枪臂，重新装上看似子弹的东西，然后朝着拉尔萨罗夫纹丝不动的尸体继续射击。

在反作用力下，尸体抖动起来，除此之外，再也没有任何反应。

拉尔萨罗夫确实死了，不是幻影。

“恭喜你了，拉尔萨罗夫。”露出真实面容的ED用令人毛骨悚然的冷酷声音说道。

“这个手枪臂是在旧雷里希境内发现的。被故乡的东西杀死，也算是得偿所愿吧。但是……”

ED轻声嘟哝着，似乎有些气愤。

“果然，只能认为是武器吗……”说着，他仍旧盯着手中的杀伤性物品。

我只觉得浑身无力，不知所措。

命运的讽刺——

我只能这么形容。拉尔萨罗夫从事暗杀者这项职业，是出于他对雷里希王朝的扭曲的自豪感。与此同时，这张拯救了ED的生命的面具，正是由拥有雷里希血统的纳尼亚女士制作。

到底应该如何看待这段奇妙的因缘呢……我完全没有头绪。

这时，身后传来一声巨响，我回头一看，少校就站在那里。因为施术者拉尔萨罗夫死了，所以结界不知何时解开了。

“你没事吧？”

少校把剑收进剑鞘，跑到我的身边。

但是，由于刚才被拉尔萨罗夫点穴还残留有后遗症，我还不能说话，只是动了动嘴。少校立刻温柔地托住我的头，用指尖在我的喉部摸来摸去。于是，我的喉咙又自然而然地发出声音来了。

“少、少校，我们……”

“对不起，我来晚了。幸亏你没事……”

少校上下检查我的身体，确认有无损伤，然后小心翼翼地解开绑在我身上的绳索。在这个过程中，我感觉自己就像被紧紧抱住了。但是，我却无暇为此害羞。

“比、比起我，ED 更……”

摘下面具的 ED 跪在地上，握着手枪臂，在尸体前喃喃自语。

“是他杀的吧……”

“呃……是的。”我感到很羞愧，轻声回答道。

只见少校的脸痛苦地扭曲了。

“可恶……”

我知道他在想什么。

杀人这种肮脏的事情，本来应该是自己必须完成的工作——他肯定是这么想的。我也是同样。接受过战斗训练的我，才是真正必须和拉尔萨罗夫战斗的人……

“什么风之骑士……”少校不屑地说，然后站起来走向 ED。

但是，ED 却连看都不看他一眼，只是继续嘟囔。

“喂，马克威斯尔。”

少校叫他的名字。他好像知道，刻着“死亡纹章”的 ED 既没有致命伤也没有重伤，所以并没有像刚才对待我那样，表现出任何关怀。

“不能再磨蹭了……我们必须马上离开这片森林，返回罗米亚萨卢斯。”

“这是怎么回事啊？”

ED 没有回答他，仍然在自言自语。

“总觉得不太对劲……究竟是怎么回事？我到底在担心什么？”他不停地说着莫名其妙的话。

“喂，马克威斯尔——”

“喂，希斯，有点情况。就在这里，就是现在的事态，发生了一些情况。我们几乎就要掌握关键了。到这片森林里来并不是徒劳无功的。为什么龙会被杀害，我们显然获得了这条重要的线索——”

他没有看向少校，只是像被附身了似的，越说越来劲。看到他这样，少校终于大声说道：“我们要离开这里！爱德华兹！没有时间了！”

ED 吓了一跳，抬起头来。

“什么意思？”

“还能是什么意思！当我们发现这起事件存在着雇用拉尔萨罗夫的幕后黑手，存在着不希望战争结束的破坏者的时候，停战协定就变成了我们和那个敌人的战斗！我们已经没有余力这样优哉游哉地解开谜团了！”

少校大声说着，看起来就像在哭。

ED 只是茫然地仰望着这样的少校。

## 3

幸亏有事先准备好发信咒符，我们总算回到了船上，这时天已经黑了。

我们没能找到阿纳斯先生的遗体。因为发生了战斗，我们都不知道原来的地点在哪里了，而且本来我们能在这样的森林里前进且没有迷路，就是因为有阿纳斯先生当向导。如今他不在了，对于我们来说，光是平安离开就已经竭尽全力了。

“这片巴特洛古森林的一切，今后都将是你的墓碑。请安息吧……”

当小船离开河岸时，我在心里这样祈祷。

在拉尔萨罗夫的尸体上，没有发现任何能显示其雇主身份的证据。而且，他本来就没有多少私人物品，只有用于杀人的道具。这让我联想起他凄惨的人生，但我却没办法同情他。

我们默默地沿着河道原路返回。

“还是不行……”浑身缠着绷带的ED压抑地嘟哝着。

“不能把这个谜团置之不理，就这样签订停战协定！我们应该继续旅行！”

“这样做就无法挽回了。就算是现在，或许也为时已晚。我们可能太晚才意识到敌人的存在了。”

“正因为如此，为了力排众议，实现停战协定，我们就必须解开龙的死亡之谜。”

“你能保证做得到吗？哪怕是现在，战场上一触即发的局势仍然在持续，后方的平民仍然在忍受饥饿和恐惧！”

“但是，希斯！”

“就算把停战协定的签订地点更改为罗米亚萨卢斯以外的地方，也要有办法让双方阵营坐到谈判桌前才行。这点你应该也明白吧？”

两人都用尖锐的口吻朝对方怒吼，让人不禁怀疑他们之前的友好关系都是假象。

“我们就只差一步了！我们已经得到了所有必要的线索！我有这样的感觉！再坚持一把，我们就能解开这起事件了。”

“在战场上，哪怕只差一步，也会有成百上千的人死去……”少校艰难地挤出这句话来。

ED 却用干脆的语气回答：“但是，所有人拼命前进，不就是为了这一步吗？要是我在这里放弃这一步，就只会变成对死去的他们的背叛。”

少校没有回答。

我只是在旁边听他们说话，但是我也明白……两人此刻面临着抉择。双方互不让步，他们就是陷入了这样的状态。

小船顺流而下，将我们带到外面的世界。但是，这样回来的时候，我们就已经不再是过去的自己了。

*

“那么，再见了。”

在通往七海联盟军基地的岔路口，少校向ED告辞。

“只剩下一周的时间，你别忘了在限期之前回到罗米亚萨卢斯露面，否则‘死亡纹章’就不会解除。”

“知道啦。”ED平静地回答。

少校点点头，然后看向站在ED身旁的我。

“利斯卡瑟女士，马克威斯尔就拜托你了。如果这家伙发牢骚，就算让他昏迷，也要把他带回去。”

“我知道了。”

ED坚持要继续旅行，我决定陪着他。至于少校，接下来他还有停战协定的工作，因此保护ED的工作就只能交给我。而且，讽刺的是，拉尔萨罗夫是一名优秀的独当一面的暗杀者和追踪者，这反倒意味着没有其他的袭击者了。就算曾经有过，拉尔萨罗夫应该也把他们给收拾掉了。所以接下来的旅途，我的能力就足以胜任了。

“即使要用我的生命来交换，我也会把他平安送到罗米亚萨卢斯。”

“拜托你了……”

少校盯着我，我也盯着他。

一瞬间，我回想起了这次旅行的点点滴滴。

非常愉快——我打从心底这么想。

虽然有困难的时候，有痛苦的时候，有悲伤的时候，但我还是觉得和少校、ED一起走过的旅程非常愉快。

我的直觉告诉我，少校也在想同样的事情。我们的握手持续了好一会儿。

接着，少校看向ED。

“喂，马克威斯尔……事到如今，我不应该说这种话，但是，祝你成功解开谜团。”

“我也祝你好运。”

两人不约而同地点了点头，然后转过身去。

接着，默默地离开了。

我在原地站了一会儿，盯着少校的背影，然后转身小跑着追上ED。

这起事件，还剩下最后一个嫌疑人。

# 第七章『凶手』

a case of dragonslayer

# 1

应该从未特别接受过军事训练的爱德华兹·希兹沃克斯·马克威斯尔，为什么拥有让全身的骨骼关节脱臼，然后从绳索的束缚中脱身的绝技？答案就在刻在他脸上的蛇纹刺青中。

那是被称为“俄菲翁的印记”的某种宣誓的标志。据说这起源于数百年前失去故乡的难民们在世界各地到处流浪，反复遭到各国的迫害或驱逐后，发誓“自己不再寻求祖国，不再承受所谓国家存在的压力，将与同胞相互扶持活下去”的时候，作为证明刻在身上的刺青。

与整个世界斗争的难民们，最终只是四散而去，关于共同体的梦想也随之化为尘埃。但是不知为何，他们的誓言却在某些地方得以保留下来。

在一部分旅行商人和游走于各国的流浪艺人中，不断有人刻上这种刺青。他们自称“俄菲翁的孩子们”，将不被周遭现实所左右的不屈精神（虽说原本的誓言就是屈服于现实的产物）作为自我证明的依据。

这些人不像当初的难民那样具有固定的群体生态，更像是无定型的流浪者的集合，却也因此要比原来的难民群体更加坚韧。他们总是突然联合起来成为一股大势力，到了第二天就已经全员解散，消失得无影无踪。对于这个难以捉摸的集团，据说当时世界各国的掌权者都束手无策。

然而，当凭借那股凝聚力、坚韧和灵巧都无法抵抗的压倒性的暴力出现在“俄菲翁的孩子们”的面前时，他们就彻底灭亡了。

受到希基利赞桑火山喷发的影响，全世界曾经遭受过长达五年的灾荒，在当时的黑暗时代，甚至有数个国家和民族因此灭亡。在这种情况下，有一名独裁者高举着“要生存下去，就只能牺牲他人”的强硬主张，多次对其他国家实施侵略行为。在民众的压倒性支持下，其所在的势力吞并了七个国家，站在了当时世界的金字塔尖。

“俄菲翁的孩子们”就是被这名独裁者视为眼中钉的存在，只要被发现，就是格杀勿论。

如果世界更加富裕，如果世界不是充斥着饥饿、焦躁和战争，也许就不会发生那样的暴行。然而，当时全世界都陷入了疯狂。就连独裁者所支配的国家以外的人，都会打着“俄菲翁狩猎”的旗号，将身上刻着刺青的人残忍杀害。

独裁者在登上顶点的短短半年后，就被自己的心腹暗杀了，国家也随之解体，到了现代甚至没有留下任何痕迹。硬要说的话，其实七海联盟与独裁者所在的势力非常相似，因为七海联盟原本就是基于大灾荒时代的国际互助条约建立起来的。

如今，“俄菲翁的孩子们”和人类在疯狂中展开杀戮的可怕记忆一起被封印起来，成了无处可寻的存在。因为人类总是喜欢把目光从不愉快的事情上移开。

ED之所以戴面具，隐藏自己的真面目和“俄菲翁的印记”，也是这个原因。看到这些，人们就会联想起那些可怕、可憎的东西。大灾荒是以前发生的事，那时我还没出生，没有直接的记忆。ED也是在火山喷发之后出生的，在世界受到影响开始动荡的时候，他应该还是个小孩子。至于他是否拥有俄菲翁的直系血统就不得而知了。因为我很难想象，在那个疯狂和充满杀戮的时期，竟然有女性从容地怀上孩子。说起来，他的姓氏“希兹沃克斯·马克威斯尔”，有点像过去的东方帝国贵族的姓氏。也许他是那个时期没落的无数望族的唯一幸存者。族人惨遭杀害，只有他孤苦伶仃，被敌人追捕的时候，一伙流浪艺人把他藏起来，将他抚养长大。脱身术等绝技肯定就是在当时学会的。

出生的时候，虐杀就已经开始了，在不断地逃亡中生活，直到虐杀迎来终结。最终活下来的时候，当时的少年有什么想法呢?

那时候，他显然是立下了某种誓言。

所以，即使清除印记的手术如今已不是难事，他却没有接受，而是把印记继续保留在脸上。不，在时间上，也许就是在疯狂终于平息，一切都结束之后，他才把这个印记刻在自己的脸上。这样想会更加符合逻辑。毕竟他当时还是幼儿，像脸庞这种会在成长过程中发生很多变化的地方，是不可能刻上刺青的。

做到这种地步……

甚至做到了这种地步，他到底背负了什么呢？但是，现在的他已经不是从前那个随波逐流，只会白白让人夺走一切的无助少年了。

因为他成了战地调停士，为防止自己的悲剧重演而采取行动。

*

“街道真宽敞啊……”

我们骑在从附近租来的用于搬运货物的强化马背上，前往罗米亚萨卢斯记录中最后的嫌疑人——马马扎尔·提克塔姆所居住的村庄。

村庄位于希基利赞桑火山的山麓。那座火山的喷发，就是造成过去的大灾荒的原因。虽然现在已经安定下来，但是这里仍然是一个被诅咒的地方，几乎没有外来的访客。

“不过……这一路走来，都没有碰见人啊。”

除了我们，根本就没有人前往那个村庄。曾经为了平息火山活动，有许多魔导师和技术人员往来的这条道路，已经完全结束了自己的使命，如今只是寂寞地向远方延伸。

ED仍旧缠着绷带，以此来代替破损的面具。即使我跟他说话，他也不回答，只是一味在沉思。

自从我们与少校分别以来，他就一直是这样。

也许他的大脑正在不停地运转，思考各种各样的可能性吧。但是，直到目前，还没有任何结论。

这也难怪……

我其实也只能认为少校是正确的。虽然我并不反对让ED调查到他满意为止（毕竟参与停战谈判仍然是他的任务），但是对于龙被杀害这一事件，留给我们的时间实在太少了。

恐怕，不，几乎可以肯定的是，我们即将要见到的嫌疑人不可能是凶手。

就罗米亚萨卢斯的监视体制而言，要突破咒语进入犯罪现场（即洞穴）确实不可能，但管理员似乎很马虎。凶手一定是从“忙着治疗严重烧伤的婴儿”的医生兼管理员那里偷取了解除结界的咒符，实施犯罪之后，再悄悄地把咒符放回原处，所以没有留下记录。

对于这点，我们几乎是默认了。况且ED的态度从一开始就始终是“向与龙见过面的人询问其印象”。他收集这些提示，只是为了灵感的闪现。

但是，这也到此为止了。如今我们要见的人只剩下最后一个。

“太奇怪了……不可能，这里要不是这样就太奇怪了……”ED一直在喃喃自语。

就这样看的话，恐怕真的会觉得他是个精神失常的人。

我叹了口气，引导着我们的强化马前进。

“当——当——”远处传来类似敲钟的声音。除此之外，耳边就只有街道上的针叶树被风吹得晃动起来的声音。

我正茫然地听着钟声，ED突然用明确的口吻说道：“莱泽女士，你是站在希斯这边的吧？”

“咦？”

我有些困惑，ED却继续问道：“是友方没错吧？”

“是的，当然没错。”

他说的没错，所以我姑且点了点头。

于是，ED又说：“莱泽女士，其实我……我想让希斯成为世界之王。”

他低声嘟哝着，脸上是苦恼的表情。

“这是什么意思？”

“如果是希斯，我认为就办得到……他会成为身居尊位却不践踏人民，既有理想又能看清现实，即使面对残酷的现实也会对应得体，不会自暴自弃，史上第一位这样的君主……这样一来，或许‘君主’这个概念就会消失呢……他肯定能够成为这样的人物。”

“是的。”我还是不太明白他究竟在说什么，不过对于“少校有能力成为君主”这个观点，我个人是非常信服的，所以我点头表示同意。

“为此，我不能在这里退缩……不能在这种地方，给希斯留下污点……”

不知道ED是否听到了我的回答，他只是再次开始喃喃自语。

我也闭上了嘴。

只有“当——当——”的声音在周围回响。离村庄越近，声音就越大。

进入村庄的时候，我们惊讶地发现村里非常热闹。这里的人口确实很少，但不知为何，人们都为了某项工作，正忙得不可开交。

“这是在干什么？”

在我看来，他们好像是在修建水渠。但是，我并没有看到水流，也没有看到水应该流向的农田。水渠的终点只是一个花盆状的巨坑，周围的草木全部都被连根拔起。

“呃，不好意思——我们想见提克塔姆先生。”

我向附近的人询问，得到的却是无比冷淡的回答：“啊？吵死了，等会儿再说！”

我试着问了几个人，结果都是一样。但是，当我问第十个人“提克塔姆先生在哪里”的时候，他好像误会了，用对待同伴的口吻回答我：“还在山上！快去叫他下来！”

“山上？”

是在那座休眠火山上吗？总之，我们就朝那里走去。随后，我明白了，这条类似水渠的东西，就是从那座山上往下面延伸的。

我和ED沿着它往上走。周围的人越来越少，最后连一个人都没有了。但是，我们还没找到目标人物。

而且，我们往高处走的同时，“当——当——”的声音也变得越来越响亮。这不可能是钟声，这种地方不可能有敲钟的场所。那么，这到底是什么声音呢？

听起来就像是两块大石头相互碰撞的声音……

我只猜中了一半，但大体上来说，事态已经远远超出了我的想象。

终点就在比半山腰略低的地方。到达那里的时候，我们都不禁哑口无言。

“那是什么……”

我们看到一块巨大的岩石，仿佛扎进了山里一样。我们听到的声音就是从那块岩石发出来的。

发出声音的虽然来自岩石，事实上是站在岩石上的一个小小的影子正在让它发出声音。

“那是……人吗？”

是的，有一个男人在岩石上，弯着腰，用拳头，看上去只是赤手空拳，用肉身的拳头打在岩石上。

每当他这样做的时候，岩石就会陷入山里，周围也会回荡着高亢而沉重的“当——”的声音。

呃，这是在干什么呢？

正当我茫然无措的时候，脚下突然传来一阵震动。

我恍然大悟。

对了，这里是火山，而且是曾经发生过大喷发，使得世界陷入黑暗的火山。这片土地上的地鸣，就意味着——

“糟、糟了！”

我们往山里走得太深了，如今已经无处可逃！

这时，岩石上的男人停止了拳击，立起身来。他环顾四周，然后点了点头，回头看向我们。

“别动！现在是逃不掉的！”

他突然喊道。声音里的魄力让我们不敢动弹。

然后，男人朝我们做出了掌心敲击似的动作。尽管我们离他很远，却被一股类似冲击波的力量弹到了空中。

奇怪的是，虽然被弹飞了，但我们没有感到任何疼痛。该怎么说呢，就像是“气”让我们飘浮起来。

我们从空中看着男人，只见他往岩石上一蹬，飞向了空中，向我们这边逼近。

我和ED甚至来不及反抗，就被他夹在两侧，飞往更高的空中。

与此同时，眼前的半山腰突然裂开，喷出了岩浆。

位于裂缝中心的正是刚才男人打进山里的岩石。他是以这块岩石为楔子，在山上凿出了一个洞。

我终于明白了。现在从半山腰顺流而下的岩浆，平稳得根本无法与自然喷发时相比。而且，这些岩浆正沿着刚才的水渠，流淌在准确的引导路线上。这样既不会引燃四面八方的森林，岩浆中的大量热能也会平静地释放到大地和空气中。

“太厉害了……”我在空中情不自禁地轻声感叹。

男人仍旧抱着我，此时看着我笑了起来。他仅凭一己之力，就将巨岩打进了危险的火山喷火口，将附近的人们从灾难中拯救出来。这是何等壮举！即使是风之骑士，也不可能有这种本领吧。

不仅超乎人类，甚至超乎生物。

是的，正如坊间传言，这个男人拒绝了所有国家的邀请，走自己的路，因此世人都这样称呼他，不需要任何权威的证明，只需要用这个词来称呼他——“战士”。

“他是战士中的战士。”

这就是他，杀龙事件最后的嫌疑人——马马扎尔·提克塔姆的称号。

2

我和 ED 被马马扎尔抱着，在距离熔岩流的流淌路线稍远的地方着陆。令人惊讶的是，这位战士在这次跳跃中完全没有使用飞翔咒语之类的外物辅助，仅仅是依靠自身体力。因此，着陆过程非常粗暴，我差点以为腰部要脱臼了。当他放开手的时候，我和 ED 就立刻瘫软在地。

“小姐们，你们没事吧？”

马马扎尔晒得通红的脸上露出恶作剧般的笑容，对我眨了眨眼。

那张脸上刻着几道深深的皱纹，表明他的年龄是我们的两倍以上，而且……那锐利的目光也证明，他根本没有衰老，反而还处于全盛时期。

“非、非常感谢。”

我摇摇晃晃地站起来，向ED伸出手。ED也抓住我的手，站了起来。但是，他耷拉着脑袋，似乎已经筋疲力尽。

“唉……早知是这样，我们就应该在下面等着。”

我嘟囔了一句，马马扎尔就皱起了眉头：“嗯？你们不是普通的旅行者吗？”

“是的，我们是来见你的，战士马马扎尔。”

听了我的话，马马扎尔苦笑起来。

“不要再称呼我‘战士’好吗？我早就不干了。”

“但是，恐怕你仍然是世界上最强的存在。单就战斗力而言，即使是风之骑士，在你面前也还只是个孩子。”我坦诚地说出了自己的想法。

马马扎尔对此只是轻轻“嗯”了一声，既没有否定也没有肯定，反而向我询问：“但是，你们不像是对这种斗争感兴趣的人啊？”

“是的，我们找你是为了别的事，但也不是完全没有关系。”

“这是什么意思？”

“我们想打听的是，一年前你拜访罗米亚萨卢斯时的事情。以你的力量来看，你对龙的印象如何……”

“为什么要问这样的问题？”

我刚说到一半，马马扎尔就用尖锐的语气反问道。

“那是……”

“因为龙被杀害了。”

ED突然说出切中要害的发言。我感到非常惊讶。这件事是机密，除了偷听过我们谈话的拉尔萨罗夫以外，我们至今从未告诉过任何人。

但是，马马扎尔比我更吃惊。

“这是什么意思？”

“就是字面意思。”

ED的语气听起来很敷衍了事。

马马扎尔看向我，我无可奈何地点了点头。

“没错……这是真的。”

“让我听听你们的故事吧。”战士用压抑的语气轻声说道。

回到村庄的马马扎尔受到了村民们的热烈欢呼，但他只是轻描淡写地回答了一句“哎，幸好成功了”，也没有出席庆功会，就把我们领到了他的小屋。

“我是个光棍，家里没什么像样的东西，要你们多多包涵了。”

说着，他递给我们两杯看似药草茶的东西。

“不好意思……”

我低下头，有些过意不去。

小屋很普通，这种朴实就像在无声地告诉我们：这个人在村里很受尊敬，但他不会接受在此之上的东西。

“那么，关于龙的事……”

当我们在木材搭成的桌边面对面坐下时，马马扎尔立刻就开口了。

“是、是的。呃……”

我瞥了 ED 一眼，他又开始嘟哝着，沉浸在自己的世界里，似乎完全没有说话的意思，所以只好由我来进行说明。

我不知道该说明到什么程度，所以把龙被杀害的事，以及它的脖子上插着铁棍的事都说了出来。马马扎尔就抱着胳膊呻吟起来。

“我无法想象——”

“我们也这么认为……”

“你说是刺杀？难道凶器有特别的魔力吗？”

“不，完全没有……”

“话说回来，为什么你们要调查龙的死亡？”

“是因为停战协定。”

我对事件的背景也进行了说明。因为我觉得如果这位战士真的感兴趣的话，也没有什么能瞒得过他。我不能冒着树敌的风险，而且……我能感觉到，只要诚实对待，他就会成为我们的伙伴。

“战争吗……”

马马扎尔听到这个词语的时候，叹了口气。

“龙是被牵涉其中了吗？”

“这就不知道了，但是时间太过一致，恐怕是……”

“那条龙，居然就因为这种事……”

马马扎尔的脸上浮现出悲痛的神色。果然，就像我们见过的其他嫌疑人那样，与龙见面这件事也使他深受触动吧。

“呃……我可以问你一个问题吗？提克塔姆先生，为什么你会去见龙呢？”

“那是……”

“答案不是很明显吗？”ED 突然插嘴道。

“这个人发现火山有喷发的迹象，所以就去问龙，想了解确切的时间。对于他的问题，龙肯定是这样回答的，‘因为对象是流动的熔岩，所以无法判断确切的时间。但是，在某种程度上，有可能对其进行引导和控制’。于是，他就按照龙的指导，故意让火山提前喷发，成功地消减了这件事的破坏性。”

ED 说得既快速又流畅，就像在背诵早就记在心里的话。

“你简直就像当时在场一样。”马马扎尔发出感叹。

看来全被 ED 说中了。

“在去见龙的人当中，你是唯一有正当理由的人。既不是出于功名心，也不是出于好奇心，甚至不是出于憧憬。你只是作为对等的人，去向它提出问题。对于龙来说，和你见面一定很愉快吧？”

ED 猜对了，却没有为此自豪，语气也显得有些悲伤。

“是这样吗？”

马马扎尔也寂寞地摇了摇头。我们陷入了片刻的沉默。

ED 抓起面前的杯子，慢慢地喝着马马扎尔给我们上的茶。

“这东西真好喝啊。”然后，他有些意外地说。

“茶里煎过的药草有改善体内循环的作用。你要是觉得好喝，就说明你现在非常疲惫。”

“原来如此……疲惫吗？”

ED 自嘲地发出了“嘿嘿”的笑声。

接着，我们再次陷入了沉默。无论怎么看，ED 确实已经筋疲力尽了。这也难怪，毕竟被折磨过的身体还没来得及恢复，我们就再次踏上了旅途，继续与无法解开的谜团战斗。不可否认的是，他已经过度消耗了。

我尝试着代替 ED 进行各种提问。

“龙没有阻止以前的大喷发，它有对此说过什么吗？”

“不，我没有问这个。不过，我个人认为，当时那种程度的火山大喷发，导致世界笼罩在黑暗之中，然而仅仅过了五年，世界就逐渐恢复过来，这是否有赖于龙的力量呢？那时候真的很可怕……”

马马扎尔望向远方。我也因此想起来，这位战士的确是在那个时期度过了青春。

“有一种说法是，那场灾难是源自某人为了毁灭世界而施展的可怕诅咒。龙是否尝试过阻止呢？但是，可能光要降低伤害就已经竭尽全力了吧？”

“不管怎么说，即使是龙，也会有力不从心的时候……而且，也会被杀死。”

马马扎尔闭上眼睛，抱着胳膊。然后，他冷不防地问道：“可以问一个失礼的问题吗？”

他的态度让我不禁感受到一股难以言喻的压力，我有些消极地回答道：“你请说……”

马马扎尔睁开眼睛，盯着我和耷拉着脑袋的ED，直截了当地问：“你们没有余力去追查凶手吧？”

“这……”

我支支吾吾，ED甚至没有抬起头来。

“我说中了吧？你们已经开始考虑其他的手段……但是，这比当初的计划更危险，不仅无法结束战争，还有可能会引发更多的战乱。”

“这……”

我的心境就像无知弟子接受智者的教诲，没有任何反驳的余地。

“现在这样确实会很危险，但我们也在努力……”

“人的努力往往会使事态变得更加严重。你们必须尽快回到罗米亚萨卢斯吧？”

他的意见和少校相同，我只好拼命反驳他。

“但是，为了在罗米亚萨卢斯签订停战协定，我们必须查明杀龙凶手，否则就没有意义了。”

“那么，你认为什么样的人可以杀死一条龙呢？”

“这、这……”

“那个人必须拥有足以杀死一条龙的神奇力量。你们在旅行中遇到过这样的人吗？”

“这……”

我不知道应该如何回答。ED 仍然毫无反应，也不知道他是否在听我们说话。

“举个例子……假设杀龙只需要力量的话，在你们遇到的人当中，谁拥有最强的力量呢？”

“是你……虽然有人拥有更多的财富和权力，但他们是无法杀死龙的。”

“原来如此——”

说到这里，马马扎尔笑出声来。

“那么，答案已经很明确了吧？”

“咦？”

“在你眼前的人，具备最接近杀龙凶手的条件。这样做，至少也不容易被人抱怨。”

因为他微笑着，简单地说出了这些话，所以我花了一些时间才明白他的意思。

但是——

“啊？”

“恭喜你们找到凶手了。”马马扎尔爽快地说。

这意味着他要扮演“凶手”，只可能是这个意思。

“太荒唐了！”我大叫着站了起来。

“因为——因为你不是凶手！”

抱着最明确的理由去见龙的人，比任何人都没有必要对它下杀手。

“追查凶手和拯救被卷入战争的人们的生命，如果被杀的龙还活着，你觉得它会优先哪边呢？”马马扎尔这样说道。

然而，ED只是轻声嘟囔着：“生命？生命啊……”我也已经无计可施了。

“可是……可是……”

“至于动机嘛，还是有的。我认为自己才是世上最强的存在——这种扭曲的、无可救药的自负心理，驱使我杀死了龙。将我称呼为‘战士’的世界，恐怕会接受这种说辞吧。”

“倒、倒是说说看，你是怎么杀死龙的？要说出方法来！”

“此乃秘诀，哪怕要丢掉性命，也断不会吐露只字。”

马马扎尔用念话剧台词般的口吻说道，听起来就像在开玩笑。我毫无意义地挥舞着双手。

“你……你不能这样做！”

是的，这不就和龙的死亡一样，会对世界造成巨大的损失吗？我的心里只有这种想法。

“难道还有别的办法吗？况且我没有家人，就算死了也没有人会为我伤心。”

“可是——可是这个村庄的人怎么办？他们都很崇拜你。”

“我在这里的任务已经结束了。”他平静地说。

“太荒唐了……不行的……”

“不，也许我一直在等待这样的机会。”他继续说道，仿佛是在安慰我。

“年轻的时候，我确实很崇拜力量。在我当时所生活的世界里，力量就是一切。曾经有一段时间，我甚至认为扬名世界就是生存的意义。现在正是实现这个目标的时候。”

“但、但是，这样只会臭名远扬！”

用卑鄙的手段暗杀了一条龙的人——他的名声和荣誉恐怕会毁于一旦。他的名字一定会成为超乎常规的可怕妄念的象征，在世上广为流传。

“哎，这样也挺好的，我肯定会变得很出名。尽管这就和年轻时的梦想殊途同归了。”他开玩笑地说道。

在这种堪称绝对坚强的意志面前，我已经无法说出任何反驳的语言。

然而，就在这时候，发生了一件意想不到的事。

坐在我旁边的ED，肩膀微微地颤抖起来。我正在想这是怎么回事时，就听见他的嘴里发出微弱的声音。

“噗噗……”

我简直不敢相信自己的耳朵，因为他竟然在笑。

而且，笑声越来越响亮。

“噗……咯咯，咯咯咯，噗哈哈哈哈哈哈哈哈哈哈！多么愚蠢的人！是啊，我从没见过这么愚蠢的人！”

ED正在仰天大笑。

一瞬间，我以为他失去了理智。然而，不是这样的——我突然想到，他难道是在说马马扎尔吗？

“真是个小丑！傻得没边了！这种……”

尽管他现在筋疲力尽，并且得以从至今的重压中解脱出来，但也不允许说出这么失礼的话。我感到火气上来了，条件反射地往他的脸上打了一巴掌。

ED甚至没有抵抗，就这样被我打飞了。即使摔倒在地上，他也还是在笑。

我被这没出息的家伙气得够呛，正准备再给他一拳，这时却有人握住我的手，阻止了我的行动。

是马马扎尔。

“别打了，他没有抵抗。”

“可、可是……”

“无论有什么理由，我都不允许任何有力量的人当着我的面，单方面地伤害一个完全不抵抗的人。”

他的语气很坚决。正因为如此，我才会感到无比悲伤。怎么能任由这样的人被处决，含冤死去呢?

“但、但是，提克塔姆先生……”

就在我要说话的那一瞬间。

“不，马马扎尔先生！这也要分时间和场合！凡事总是存在例外的！”ED突然大叫起来。

“例如，‘管教不懂事的孩子’时，揍他一拳，在教育上是有必要的，更何况是这种情况！像我这样的笨蛋，还是应该挨个两三拳！”他笑着说道。

我和马马扎尔都瞪圆了眼睛。

“你说什么？”

“什么？！”

“哎呀，我真是个大傻瓜！事情就是这么简单啊！答案是‘倒转’！真是的，就这么简单啊！”ED继续放声笑个不停。

我茫然地看着他的狂态。

这个人在说什么啊?他刚才说的是……

“简单的事情是指……换句话说，ED，难道你……”

我的声音颤抖起来。

“你、你已经查明这起事件的凶手了吗？”

听到我的问题，ED 露出了惊讶的表情。

"'凶手'？我根本不关心这个。从一开始，我就知道谁是凶手。手法才是关键。但是——唉，没想到竟然这么简单！"

他一个人兴奋地说个不停，我却根本听不懂他在说什么。

他说，从一开始，他就知道谁是凶手？

这是在搞什么啊！这个人到底在说什么啊？

"手法——是指行凶手法吗？到底是怎么回事？"

"是'倒转'啊！"

"所以我才问你是怎么回事……"

他没有回答我的问题，只是继续说道："我们看待事态的角度倒转过来了！龙不是被刺杀的！我们把所有的情况都理解错了！"

# 第八章 旅途的终点

a case of
dragonslayer

## 1

在旅途中，ED 曾经对我说过以下的话：

“莱泽女士，你知道‘迷雾中的一个真相’吗？那是我正在研究的界面干涉学的一个样本，似乎是一本书的标题。归根究底，这种解析并没有证据，所以我也不知道它到底是书的标题还是宣传语，也许是作者的名字也说不定。总之，就是这样的一本书。书里这些不可思议的文章作为证据之一，证明了界面干涉的对象物并不是假象，而是来自实际存在的另一个世界的事物。所以，这是一本写于异世界的书。

“书里有这样一句话，‘对于人类来说，最大的快乐就在于看到未来的那一瞬间。在那一刻，人类会觉得自己仿佛征服了世界。另一方面，最大的恐惧就在于得知自己正在做的、曾经做的一切都与未来毫无关系的时候。’但是，如果按照这种说法，人类几乎就是时刻生活在最大的恐惧之中。尽管如此，人类仍然活在世上。这是为什么呢？

“我想，这是因为对于人类而言，最大的噩梦不就是我们拥有适应能力，甚至连这种恐惧都能习以为常吗？如果接受这种恐惧，生存的意义也就不存在了，尽管如此，人类还是会无动于衷地接受它。你不觉得这种顽强也是个大问题吗？哪怕是身处永无止境的噩梦中，人类也会在不知不觉中变得厚颜无耻。

“不知为何，我觉得这起事件就属于那种噩梦的范畴。在我看来，这是习惯了践踏对自己最重要的事物的犯罪。”

事后，我并没有确认 ED 当时说这些话的目的。然而，他最终还是在四面茫茫的迷雾之中掌握了真相，并且决定将其变成他日常工作的一部分，即作为谈判的工具来使用。从这种意义上来说，他或许也早已习惯了这个噩梦般的世界。

我不知道这是否会有终结。

*

罗米亚萨卢斯坐落于山脉谷地，是一座偏僻的独立城市。说是城市，其实就规模来说，更像是一个小小的村落。尽管如此，这片土地没有遭受他国的侵略，原因就在于这里有一条龙。

现在，有几个男人正聚集在维持这座城市绝对安全的龙栖息的洞穴前。

“怎么回事？”

“你确定听到了吗？”

“嗯，不会有错的！就是平时的那个声音！”

这些男人都有一定的阅历。他们已经在这起事件中露过面了，正是罗米亚萨卢斯议会的各位议员。

“总之，那个蒙面的战地调停士一行差不多是时候回来了，我们必须确认一下。”罗米亚萨卢斯的头领——老魔导师用严肃的语气说道。

“但、但是，确实……就连那几个家伙也说，肯定是死了啊……”

“所以，只要去确认没有问题就行了！”老魔导师厉声训斥惊慌失措的其他议员。

“但、但是，由谁去呢？”

“所有人都一起去就行了！”

他们争执了一会儿，最后还是所有人一起不情愿地踏入洞穴之中。

洞穴里一片漆黑。只有领头的老魔导师手持的照明咒符周围是明亮的，其他地方都昏暗无比，因此他们都为了这点光明，彼此簇拥着蹒跚前进。

除了他们的脚步声，洞穴里没有任何声音。

“看吧！果然没有任何征兆！”

“不……不对，我当时确实是听到了。”

他们还是不放心，但也恢复了几分镇定，就这样继续往里走。

龙那纹丝不动、卧倒在地的尸体，就在洞穴的尽头。与战地调停士一行离开此地踏上旅程时一样，龙尸体的姿势没有丝毫变化。

“这下就弄明白了吧？”

老魔导师回头望向众人，露出自豪的表情。

“龙确实已经死了！不会有错的！说是听到了吼声，就只是罪恶感造成的妄想！”

“但、但是……”其中一人仍然惴惴不安地说，“这、这样好吗？七海联盟真的会保障我们的安全吗？否则，把龙……”

他打了个寒战。

“我们该不会太草率了吧？即使是祖祖辈辈传下来的方法，真的实施起来也不妙吧？”

“如果事情败露……我们就完蛋了。”

“正因为如此，我们才要让那个愚蠢的战地调停士去抓捕‘凶手’！这样一来，一切就结束了。没有人会知道真相！”老魔导师对胆怯的众人感到很烦躁，大声喊道。

“但、但是……其他的龙呢？”

“用不着总是那么害怕！现在，龙不也是——”

老魔导师绕到龙的尸体后面，正要指向凶器突起的地方，结果却愣在那里。

从脖子后面的要害部位——鳞片与鳞片之间的缝隙突出来的铁棍状的东西，似乎正在变成红色。

红色变得越来越浓。

“咦？”

就在老魔导师瞠目结舌的时候，红色变成橙色，然后变成黄色，再到白色，最后化成了光，随着“咻”的一声蒸发了。

接着，声音在所有在场的人的耳边，在他们各自的脑海里回响，仿佛大炮在轰鸣。

“——蠢货！”

下个瞬间，刚才还纹丝不动的龙的眼睛忽然转动起来，瞪着众人。

然后，庞然大物缓缓地抬起了它的脖子。

“你们真的以为，凭你们这些卑鄙之人的小把戏，就能杀死我这条龙吗？”

那个声音再次咆哮起来。

一阵惨叫声响起。所有人都在尖叫。他们没有丝毫掩饰，只顾着撒腿逃跑。

在他们逃跑的过程中，洞穴上方的岩壁在他们身后不断坍塌，眼看就要掩埋起来。

“噫、噫啊啊啊啊！”

“哇啊啊啊啊啊！”

任谁都不敢相信，这些与大国进行过平等谈判的独立城市的核心人物，现在就像屁股被点燃了似的，不停地狂奔逃命。

当他们连滚带爬地逃出洞穴时，天空中已经浮现出一个巨大的影子。

龙早就在那里等着了。

他们的双腿发软，无法动弹，只听见那个声音在天边回荡。

“既然他遵守了诺言……我也就姑且答应了他的要求。”

他们不明白这句话的意思，于是抬起头来，然后再次惊讶地愣住了。

出现在他们眼前的，不只是龙。

在洞穴入口待命的军队完全包围了他们。这种黑底红条纹的军装，闻名于全世界。因为这支军队不属于任何国家，却有可能出现在任何国家。

“七、七海联盟军！”

当他们僵在原地的时候，眼前的军队指挥官向前走了一步。他们当然认得这个身披黑红斗篷的男人。

一个月前，他就是从这里出发，踏上了旅途。

“风、风之骑士……”

老魔导师惊慌失措地叫出了这个称号。

被叫到的希斯罗·克里斯托夫，慢慢地走近老人。

然后，平静地宣告。

“你有什么要辩解的吗？”

“啊，不，那是——”

但是，老人没能说完这句话。下个瞬间，希斯罗的剑已经一口气将老魔导师从头到腰斩成两截。

失去头领的其他人只能发出一阵呻吟。

“——责任在谁？！”

希斯罗用强硬的口吻质问他们。

“责任在谁，我们不再追究！但是——”

他瞥了一眼天上的龙。

“这片土地上的龙的权威，已经不会受到任何损害了！因此，我们是否可以认为之前的契约仍然有效？有人反对在这里召开停战协定的协商会议吗？”

没有一个人反对。

就像是特意见证这个结局，原本还飘浮在天空中的龙，转身飞向天空的另一边，消失得无影无踪。

罗米亚萨卢斯的核心——龙的洞穴，现在已经被掩埋，不复存在。但是，只要这片土地上还有龙的传说，恐怕就不会有人反对把这里当成龙的栖息地吧。

少校等人前往洞穴的时候，七海联盟的派遣军已经完成了对罗米亚萨卢斯的占领。话虽如此，因为没有人抵抗，所以并没有发生流血冲突。恐怕他们也对杀龙一事感到悔恨不已吧。

至于我和ED，正在前往当时的事发地点。我们打开门，走了进去。

据说这里是城市议会用来商议要事的昏暗大厅。一个月前，我们就是在这里受到了议员们的谴责。不过，从那时起，真的只过了四个星期多一点吗？在我看来，那似乎已经是好几年前的事了。

“不过，真没想到‘无名荒野’的龙会这么听话……”我轻声嘟囔着。

“居然还答应假装交换尸体……你到底是怎么交涉的？”

是的，解开谜团之后，ED立刻折返，回到了龙所在的荒野。然后，一人一龙单独讨论了一些事情，接着ED说了句“一切都会顺利”，我们就去和少校及军队会合，直奔罗米亚萨卢斯。

“嗯，它不是帮助我们，而是对真正死去的龙表达最起码的哀悼。我只是给了它这个机会而已。”

ED那张缠着绷带的脸上，又戴上了一张新的面具。仍然像初次见面时那样，给人一种胡闹的印象。

真正的尸体由龙来负责处理，它还告诉我们，“要让那条龙融入世界，回到命运所在的地方”。虽然不知道这是什么意思，但可以确定的是，那个洞穴已经消失得无影无踪。

我叹了口气。

“话说回来……ED，你到底是从什么时候开始知道凶手的身份？”

“我从一开始就知道啊，我不是向你解释过了吗？”

他的回答就像在装疯卖傻。

“唉……但是，我实在想不明白……”

是的，我确实听他解释过……我回想起当时的情景。

*

“要说凶手，当然就是罗米亚萨卢斯人啊。”终于停止放声大笑的

ED爽朗地说。

听了他的话，我和马马扎尔不禁哑口无言。

“这——这是怎么回事？”

“是村民下手的？为什么你会这么想？”

ED淡然地回答了我们的问题。

“首先，关于行凶现场的问题。据称洞穴被结界封住了，任何人都不能进入，但是那个结界又是谁做出来的呢？”

“应该是罗米亚萨卢斯人吧……”

“是的。如果有人说，‘无论如何想方设法都不可能有人穿过结界进入洞穴’，那么最可疑的当然就是这么说的人。况且，坚持这种说法的，就只有罗米亚萨卢斯人而已。他们坚称，行凶现场是密室状态，但只有一项证词来支持这种说法。不过，我确实也没有办法举出反证，哪怕一项都没有。”

ED说得很理所当然，但是我……我甚至没有考虑过这种可能性。龙被杀害这件事，使得我的不安情绪到达了顶点，让我暂时屏蔽了对密室状态的判断。

我只好为自己的无知感到羞愧。ED继续解释，根本没有理会这样的我。

“即使罗米亚萨卢斯人得知龙被杀害，也没有哪怕一个人指出‘或许内部有人引路’，这种反应坐实了他们的嫌疑。这样一来，对于凶手是谁，就有了头绪。接下来，就只需要对此进行确认。因此，我才会进行旅行，逐一排除其他嫌疑人的嫌疑。”

“但、但是，动机呢？”我还是继续提问。

“正是龙的存在维持着那个村庄吧？既然如此，为什么他们还要亲手杀死龙呢？”

“正因为村庄的维持要依靠龙，所以他们才会杀龙。”ED平静地说。

“那些村民很清楚，龙的存在就是他们的一切。反过来说，他们绝对无法去做任何龙所不允许的事情。因为是绝对依存的关系，所以关系逆转的时候，就会走向极端。这样的例子在历史上数不胜数。例如，施行完全支配体制的国家，出于这种完全性，退出历史舞台也是眨眼之间，往往是被支撑这个国家的国民以及处于其统治之下的国家所毁灭，这样的故事不胜枚举。”

“这、这么说来，那个第三代海贼首领也说过，罗米亚萨卢斯附近有发展前景良好的矿物资源，但是因为有龙在，所以无法进行开采。”

“是为了金钱吗？”

“嗯，应该是原因之一吧。第三代首领去探访龙的理由，村民不可能不知道，但他们却没有告诉我们。不过，恐怕这也只是原因之一。这宗罪行肯定是很久以前就已经在谋划了。设计出这种行凶手法的，大概是建村当初，也就是活在几百年前的人。只有这种行凶手法一直在村里流传至今。”

“为什么你会知道这种事？”

“归根究底，为什么村民们会毫不在意地生活在龙的身边呢？龙不会随意攻击人——这从不同的人的口中听说过，而且现在也实际见过龙，我们确实会理解这种说法。然而，这只不过是结果论。没有人从一开始就希望居住在拥有绝对力量的龙的身边。就连冒险家阿纳斯，也只会与龙见面，而不会考虑住在那附近。但是，那个村庄的创始者们却决定住在那里。你认为这是出于什么原因呢？”

听了这句话，马马扎尔叹着气问道：“你是想说，他们有着明确的建村目的吗？”

“身为战士的你，应该能推断出目的吧？”

“你的意思是，他们是为了杀龙才住在那里吗？”

这句话让我大吃一惊。ED 则点点头。

“为了让龙放松警惕，这么想也不无道理。他们世世代代，一直在寻找杀死龙的机会。”

“但、但是，为什么他们要杀龙呢？”

“要回答这个问题，一个月左右的时间是不够的。要对几百年前，罗米亚萨卢斯人的祖先的出身进行调查，这恐怕要花上好几年吧。不过，这种手法根本就见不得光，也不在乎所谓的名誉和正当性，我认为这是不顾后果的复仇行为。龙拥有强大的力量，因此它的某些行为可能会让人类受到牵连。我觉得他们就是为受到牵连而死去的人报仇。但是，我没有确凿的证据，而且我觉得，村民应该已经忘记了当初的目的。不管是好是坏，由于龙的存在，罗米亚萨卢斯确实得到了一些权益——这种状况很容易让人失去气节。何况，起因都不知道是几个世代以前的事了。”

“但是，他们还是杀了龙……为什么？”

“因为所有条件都具备了。有了矿物资源，国际关系方面又有七海联盟的保障，即使没有龙的存在，村庄也可以获得更大的利益，他们觉得这样有希望了吧。在这种模棱两可、一切皆有可能的情况下，以前的村民们的怨念就死灰复燃了。到底还要依赖龙到什么时候？现在就是绝佳的机会，不会有损失的——这些从过去传来的声音，一定在现在村民的耳边回响吧。”

我不知道该怎么考虑。世上的事，总是因果循环。

有人认为，只要避免引起坏的、不好的事情就行了。但是，这种状况又如何呢？

这起事件的起因是已经过去了很久的事情，我们对此无能为力。

然而，那件事的后果，现在正在发生。

而且，以这起事件为原因，恐怕在未来也会发生某些事情。但是，对于未来的人们来说，肯定也是为时已晚。

这种事情会一直持续下去吗？

真的只有这样的结局吗？我实在想不明白。

“无论多么强大的魔力，都有来不及防御的一刹那的破绽——为了制造这种疏忽，那些人等待了数百年，世世代代在龙的身边生活，那个村庄本身就是一个巨大的机关——到这里为止，我是明白了。”

“但是，他们到底是如何将铁棍刺入龙的脖子的？到底是如何打开闭合的鳞片的？而且，不管如何制造破绽，那种攻击也不可能在一瞬间完成。”马马扎尔问道，似乎还是无法理解。

“是的，正因为不知道这些答案，所以我也无能为力——直到你告诉我，马马扎尔先生。”

“我？”

“是你说出了答案。一切都倒转过来了。”

ED 向他点点头。

“你知道‘火药’这种东西吗？”

“嗯？我不知道。”

“那是界面干涉学方面的物体，是手枪臂这种武器的攻击力的构成基础。少量的火药也能产生很大的反应，只要使其在筒里发生爆炸，就能产生推进力。凶器正是这种魔力在一瞬间无法进行判断的武器。我也尝试过对暗杀者使用，对方很晚才注意到，只能说是太糊涂了。再加上我和他离得相当近，所以他完全没有注意到也是情理之中。”

“火药吗……他们就是利用这种无需魔力且难以被龙察觉的武器，将铁棍高速发射出去的吗？但是，只凭这些还不足以突破坚硬的鳞片，结果只会是铁棍被反弹回来吧？”

“啊……”

我茫然地听着他们的对话，因为我几乎无法思考了。然而这时候，我突然发现所有的碎片都拼凑起来了。这种认知就像眩晕、像暴风雨一样向我袭来。

“啊——”

我失声惊叫起来。

“原、原来如此……所以才是倒转过来了！”

马马扎尔被我的叫声吓了一跳，朝我看了过来。但是，我对此毫不在意，就像刚才的ED那样，一个人说了起来。

“原来是倒转过来了……龙不是被铁棍刺进后脖……其实正好相反，它是被凶手从嘴里射穿了喉咙，所以铁棍的顶端才会从脖子后面突出来……”

ED点点头。

“没有必要突破鳞片。因为凶手要瞄准的不是鳞片之间的缝隙，鳞片只是被铁棍从另一边推了上去。根本就没有任何凌驾于龙之上的高超技术，只不过是全凭蛮力的粗暴攻击而已。真相就是，那些得到龙充分信任的村民，在龙张开嘴的一瞬间，瞄准嘴里的要害进行了一次卑鄙的偷袭。”

“但是，这种事真的有可能吗？”

马马扎尔似乎还是无法接受。

“那条龙居然会因为这种事……”

“是啊。我也考虑过，作为超越人类的存在，龙真的会露出这样的破绽吗？因此，我也去见了活着的龙。当然，那时候我还没弄清楚行凶手法。不过，对于同伴被杀的事，那条龙的发言却显得对凶手没什么兴趣。所以，我隐约地感觉到，真正杀死龙的东西——难道不是‘绝望’吗？”

“绝望……这是什么意思？”

“嗯……我好像明白了。”

马马扎尔摇了摇头。

“你是指……原以为已经熟络起来的村民竟然对自己做出这种事，这种心理会导致一瞬间的犹豫——是这个意思吗？”

“恐怕就是这样。”ED认真地点了点头。

我有些不知所措。

“等、等一下……这、这就意味着……”

我的脑袋又开始旋转了。

“龙明明可以进行反击，却只是乖乖地被杀死了？怎么会这样？这样一来，这起事件到头来——”

面对我的不安，ED平静地挥下了铁锤。

“对，就相当于自杀。”

我无言以对。ED继续说：“龙在那一瞬间应该是这样想的，为什么一直信任的村民要对自己做这样的事？然后，它一定是意识到了，过去的自己是否做过会被人类复仇的事情。于是，它选择了放弃——没有使用庞大的魔力，只是接受了死亡。其他的龙就是推测出这一点，所以才没有报复人类。杀死龙的——对，你和希斯都提出过这种可能性，就是龙自己。听到你们那么说，我当时吓了一跳，以为你们比我更接近真相，仔细一听，才知道并非如此，原来你们说的凶手是其他的龙。那时候我真的很生气，觉得你们究竟在说什么蠢话啊。”

说起来，的确是发生过这种事……

“这样的话，对于其他的龙来说，确实是完全行不通……”

马马扎尔苦着脸说。

“也就是说，之所以被轻易地杀死，是因为那条龙特别喜欢人类……”

“你当然也杀不了那条龙。但是，对于你来说，这并不是耻辱。杀不了龙，是一名战士的骄傲，丝毫不会让你的名字蒙羞。”

马马扎尔没有回应ED的话，只是不住地摇头。

“太荒谬了……这根本就不像话啊……”

“但是，既然龙无意报复这些凶手，作为人类的我们也没有这个资格。不如说，现在就只好采用马马扎尔先生刚才提出的方法。为了结束战争，我们首先就要强行结束这起事件。凶手的事，敷衍过去吧。”

“你打算怎么办？”我问。

ED耸了耸肩，回答道：“只能假装龙没有死。幸好我们还有靠山。”

## 2

然后，我们完成了相关的工作，就这样回到了罗米亚萨卢斯。

在昏暗的城市议会大厅里，只有我和ED两个人在等待着那一刻。

但是，我一点也不觉得痛快。

如此漫长的一个月。

我们向似乎绝对不可能解开的谜团发起挑战，历尽艰辛地与世上的各位传奇人物见面，即便多次陷入僵局，我们还是坚持走过了即便回顾我的整个人生也能称得上是特别的、这三十天的旅程。毫不夸张地说，这次旅行关系着今后世界的命运，这次的经历也着实使我的内心发生了一些变化。

但是……在我身边的，名叫ED的这个男人——

我用略带怨恨的眼神看着他的侧脸。

当我问他既然一开始就知道凶手是谁，为什么不告诉我们的时候，他却回答得非常干脆。

“当然是因为我认为，肯定有人在监视我们。我们所说的话，肯定会泄露给那家伙。而且，在某种意义上，我根本不关心凶手的事。由始至终，问题都在于，委托一条活龙来当替身所涉及的交涉条件，以及，无论如何都必须解开龙是如何被杀的谜团。所以，凶手的问题就暂且搁置了。总之，为了顺利进行停战谈判，我们必须假装龙还活着。”

总而言之，对于我和少校来说，这是一次特别的旅行，是一次不寻常的经历，但对 ED 来说，解决这起事件只不过是作为战地调停士的例行工作。

仔细想想，尽管我们一起旅行了一个月，一起过了鬼门关，但我对 ED 却几乎一无所知。对于少校，除了安心感，我还有一定程度的理解；对于 ED，我却完全没有头绪。他似乎有一段凄惨的过去，但我不知道这是否给现在的他留下了阴影。我曾经以为他是一个异常执拗的人，实际上他的性情却飘忽不定，就连在面具上体现出来的品位，也让我完全无法理解。我也不是不理解他想要把代表过去因缘的刺青掩盖起来的心情，但又何必特意戴上那种面具呢？那样不是反而更显眼吗？现在冷静下来一看，我就会产生这种想法。

他到底在想什么呢……

“嗯？”因为我盯着他，所以 ED 也看向这边。

“莱泽女士，怎么了？”

“呃，不是……我就是觉得，还是不能接受。”

我有些尴尬，随口回答道。

“我在想，龙真的会放弃生命或自杀吗？”

于是，ED 闭口不语，一直盯着我。

他看着我的眼神，似乎是感到愧疚，仿佛是做了坏事的孩子想向母亲坦白，却又说不出口。

“怎、怎么了？”

“请问，莱泽女士……”他有些为难地问，“你……是站在希斯这边的吧？”

“咦？”

之前他也问过同样的问题。

“如果希斯遇到麻烦，你会作为朋友伸出援手吧？这起事件结束后，你们也不会就这样分道扬镳吧？”

“是、是的。嗯……我是这么打算的。确实是这样。”

“那家伙的性格，你在这次旅行中已经了解得很清楚了吧？为了拯救月紫公主，他会突然做出荒唐的事情来，他就是那种冲动的人。”

“冲动……不是应该称之为正义感吗？”

“嗯，从我的角度来看，两者是一样的。其实，这起事件中最让人头疼的，就是他的那种性格。”

“这是什么意思？”

我不知道他打算说什么。

“我想让他成为世界之王。”这句话，之前也听他说过。

“因此，我不能让他停留在无关紧要的地方。风之骑士解决了这起杀龙事件，但如果就这样结束了，我会感到非常困扰。”

“如果明确谁是‘凶手’，然后让希斯将其处死，很可能就会带来夸张的后果……毕竟全体村民都是凶手，如果杀死所有的共犯，就会变成一场屠杀。更何况，希斯无法对妇孺下手，这就意味着会留下活口。那帮活着的家伙一定会恨他，还会把他的恶名传遍全世界。要是变成这种状况，我会很困扰。”

ED冷笑着说道。

“所以，这起事件从一开始就是无解。我就是抱着这样的想法踏上旅途的。”

“但、但是，要把全体村民都杀了吗？少校肯定只是打算将他们抓起来并绳之以法。”

“如果是正常的事件，应该就会这样吧……”

ED撇了撇嘴。

“就是这样啊，更何况龙几乎算是自杀。虽然行凶手法不值得宣扬……”

我刚说到一半，ED就用鼻子哼了一声，笑了起来。

然后，就那样笑了一会儿。

“嘿，嘿嘿嘿嘿……呵呵呵呵……呵呵呵……”

他笑得很不寻常，所以我终于还是问出了口。

“有什么奇怪的吗？”

“莱泽女士……你真的认为龙是自杀的吗？”

“咦？”

“你完全相信了我那些拙劣的借口吗？”ED阴森地笑着说。

怎么回事？他刚才说了什么？

“这、这是怎么回事……”

“我的意思是，龙是不会自杀的。你不是也见到活着的龙了吗？哪怕只有一瞬间，那种拥有绝对实力的存在，真的会轻易地放弃生命吗？”

但是……但是，说龙是自杀的人，不就是ED本人吗？

“我们看待事态的角度倒转过来了。”

ED再次重复了之前说过的话。

“‘龙这种伟大的存在竟然被杀害了，太让人震惊了’——我们一直是从这样的角度来思考这起事件的。我们认为龙被残忍地杀害了，就这样将受害者放在了完全被动的立场。”

ED开始用食指敲击面具。

“然而，事实恰恰相反，龙并不是被杀的。其实，龙只是不顾自己的安危，并没有屈服于暴力。”

“你、你在说什么啊？龙真的死了，凶手是全体村民，就连行凶手法不也已经查明了吗？”

“但是，你没有注意到，我没有把关键说出来吗？”

ED的手指没有停止敲击面具。

“全体村民一同策划了犯罪，这点确凿无疑……但是，实际对龙下手的，到底是什么样的人呢？那个人应该是在龙张开嘴的一瞬间，乘机发动了攻击，但他的对手是龙。有能力看穿龙破绽的人类……换句话说，真正的犯人到底是一个什么样的家伙？对于这个问题，我没有说过一个字吧。”

我无言以对。事实确实如此。至今为止，从来没有听说过这个村里存在着比战士马马扎尔和风之骑士更厉害的高手。

“其实，这个问题的答案，我们在出发旅行之前，甚至在目击龙的尸体之前就已经知道了。因为我们早就听说过那件事了。”

ED 的手指仍然没有停止敲击面具。

“你应该也记得，我们向管理员申请与龙见面时的事情吧。那个人兼任医生，一开始拒绝了我们，你还记得他是怎么拒绝我们的吗？”

“咦？呃，那是……”

我记得当时他正在给患者治疗，那个患者被严重烧伤，情况很危险——

烧伤？

“烧伤……不、不会吧！”

“我们当时没注意到和火药有关，真是太粗心了。”

“但、但是……那个患者是……当时医生确实……”

我恍然大悟。

“那、那么……龙呢？难道说……”

“是的，我和你都知道这个村里有这样的风俗——把婴儿放进龙的嘴里祈求平安……”

没等 ED 说完，我就大叫起来。

“凶手……凶手是婴儿吗？！”

对于我的叫喊，ED 平静地回答：“准确地说，应该认为他是凶器之一。婴儿本人不可能怀有杀意。当然，包括这种风俗在内，全都是长达几百年的准备工作。因此，龙没有保护自己的身体，反而——”

“保、保护了被安排手持火药筒的婴儿吗？”

“因为没有反击。受到爆炸的影响，婴儿已经被烧伤了。如果再有任何行动，他一定会死。龙就是为了避免这种情况，才会主动遭受攻击。”

我惊讶得几乎没有听进 ED 的话。

“明白了吧？通过将婴儿作为工具，发动一次卑鄙的攻击——希斯绝对不可能认同这种想法。按照他的性格，应该会忍不住要惩治所有试图实施这种行为的人。所以，无论如何，只能把这件事蒙混过去。”

安静的大厅里只有 ED 用手指敲击面具的声音，显得格外响亮。

“但、但是，这太荒谬了。龙活了几千年，但人类最多也就只会活几十年而已……”

“或许，龙保护的不仅是那个婴儿。我认为，龙当时是守护了未来。即使活了几千年、几万年，度过了漫长的生涯，比起这些，还是未知的可能性更有价值——我认为，龙正是向世界表明了自己的这种意志。而且，这种意志也正是我在这次旅途中，听了不同的人对龙的印象后，尽管心里深信不疑，却不知道行凶手法，只能不断被这种矛盾所困扰的原因。”

我……我沉默不语。

死去的龙为人类做到了这种程度。

但是，人类真的值得它这样牺牲吗?

我想起了ED和龙在无名荒野上的对话。当时,ED说过这样的话。

“对于人类来说，真正的威胁并不是活着的龙，而是死去的龙。”

正如他所说，因为我们必须向今后的世界表明，人类这种生物是有意义的，至少值得让龙对此心存希望。但是，我们真的能做到这种事吗?过高的期待只会带来伤害。

因为我们一直在争斗，在接二连三的迷失之中，甚至连迷宫的入口都找不到了……

敲击的声音停止了。

“时间差不多了……”ED把右手举到胸前。

就像事先约好了似的，他手背上的“死亡纹章”开始泛起红光。

ED站在与被施法时相同的位置，月亮也移动到他头顶上的相同位置。这样就满足了旅行前所说的“只要回来就能解除诅咒”的条件。

随着“咻”的一声，诅咒轻易就消失了。

“旅途结束了。”ED微笑着说。

就在这时，外面传来了一阵喧闹声，似乎有人群正在接近。

“希斯他们好像回来了，我们也过去吧。”

ED朝我点点头。

“好、好的！”茫然的我回过神来，回答道。

蒙面男子轻轻地抿着嘴。

“有关龙的这起神秘的、充满了坚强意志的事件结束了。接下来我们要面对的，就是叫人伤脑筋的反复协商，需要对对方的愚蠢行为有一定耐心的停战谈判，以及战后处理的工作了。”

然后，他迈开步子，打开大厅的大门，走向外面喧闹的世界。

# 马克威斯尔一行的旅行路线

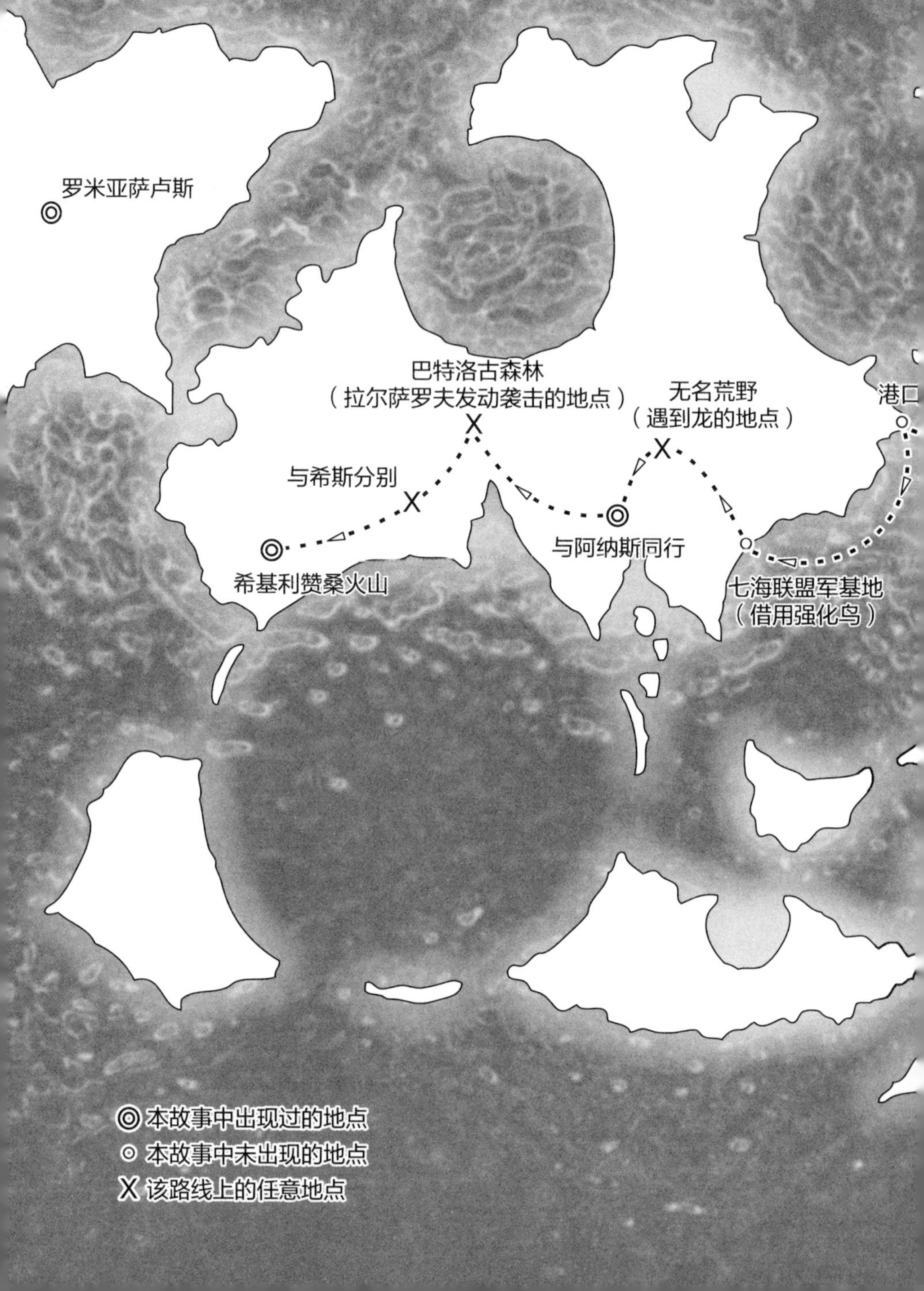

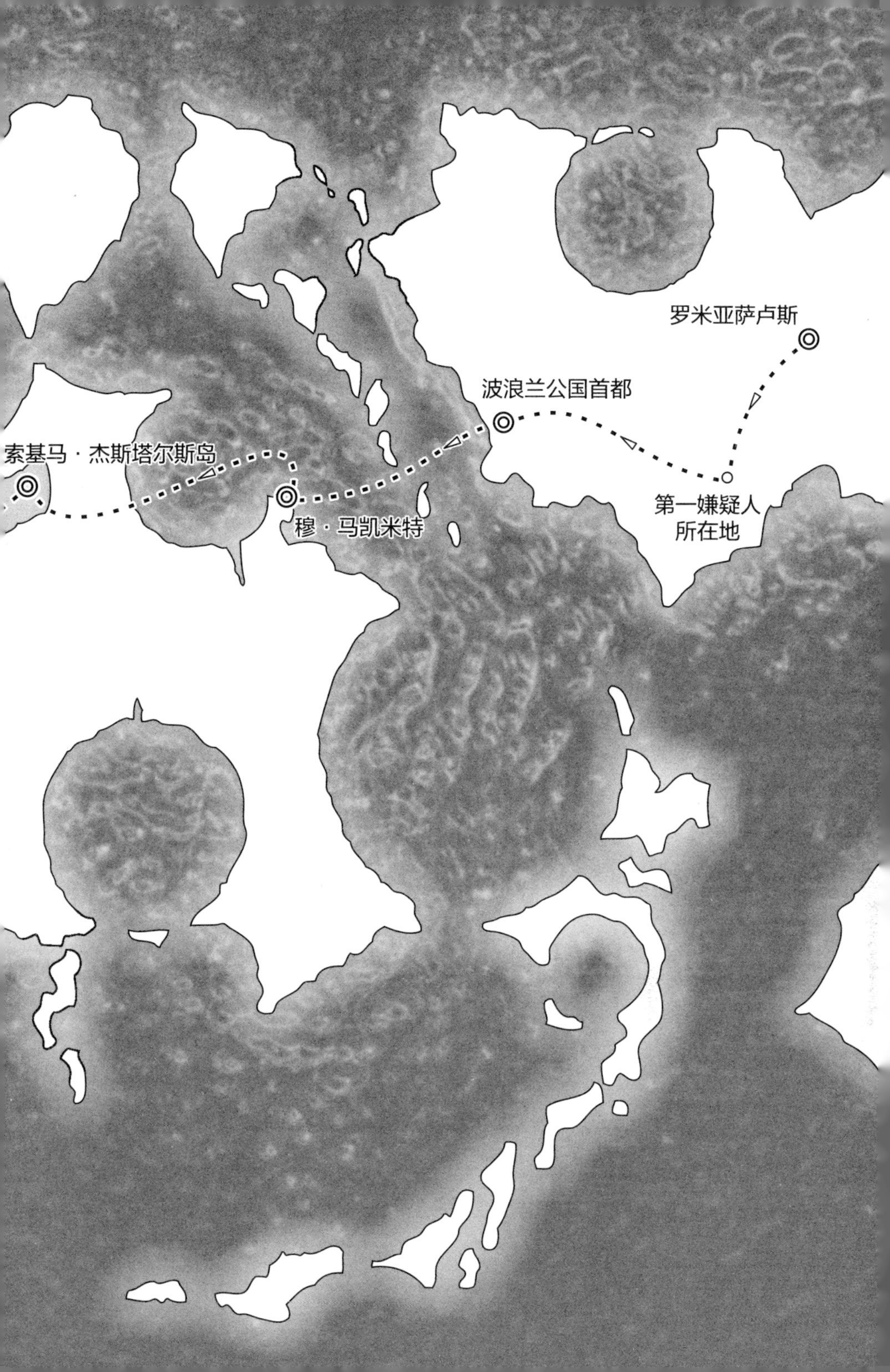
罗米亚萨卢斯
波浪兰公国首都
索基马·杰斯塔尔斯岛
穆·马凯米特
第一嫌疑人
所在地

## 解说——魔法是什么

“母亲大人，为什么爱德华兹会对界面干涉学感兴趣呢？”

“哎呀，索尼娅，难道你在意他吗？”

“才、才不是这样。我就是觉得有些奇怪，因为那家伙是七海联盟的官员，小时候还和风之骑士在同一所学校念书，应该只接受过相当正统的高等教育。他到底是从什么时候开始，对‘异世界’之类的学问产生兴趣了呢？”

“我也不太清楚他的成长经历，你到时候自己去问他吧。不过，要说他为什么要研究这门学问，其实答案非常简单。”

“简单？这不可能，就看他的性格，肯定是出于某个扭曲的理由。”

“这就是你的偏见了。他是一个诚实又正直的人，他的行动也总是基于非常简单的行动原理。”

“只是因为母亲大人你比那家伙更乖僻，所以才会这样想。这个世上根本没有几个像他那么性情乖僻的男人。”

“不，索尼娅，与你的想法正好相反。扭曲的不是他，而是你所说的世上，是这个世界有问题。”

“这是什么意思？”

“世界上有各种各样的规定，例如法律、常识、必须遵守的限制等。”

“嗯，是这样没错。”

“但是，这些规定是完美无缺的吗？只要遵从这些规定，一切就会顺利进行吗？”

“唔，我想想啊……应该不会吧。毕竟制定法律的那些大人物，也无法保证绝对不犯错误。”

“正是如此。那么，你觉得这会带来什么后果呢？”

“呃，你这么问，我会很为难。”

“嗯，确实会很为难。而且实际上，全世界的人类都有这种想法。所有人都很为难，心里很迷茫。在这种情况下，大家就会强行推行自己认为正确的事物。然后，扭曲就会发生。大家都在提心吊胆地前进，所以就算在不知不觉之间偏离了道路，也很难注意到。”

“扭曲了吗？”

“是啊，这个世上的一切都是扭曲的。”

“不会吧？世上应该还是有正常的事物吧？”

“不，没有。归根究底，如果一切都是扭曲的，那么其中的正常事物，看起来就会比其他的更扭曲。”

“那就是爱德华兹吗？你的意思是，只有他是对的，我们都错了吗？不过，他都不怎么说‘只有自己是正确的’。”

“是啊。他怀疑很多事物，但他最不相信的，一定就是自己的信念。”

“为什么他会变成那种性格呢……母亲大人不在意吗？”

“索尼娅，人都有各自的隐私，就像我们一样。”

“嗯，我也知道自己不应该打听太多……不过，为什么那家伙几乎不会感到迷茫呢？既然对很多事物没有信任感，那么他难道不会无法做出决定吗？难道不会无法满怀信心地说话吗？”

“索尼娅，当你满怀信心地做一件事的时候，你对这件事有多少了解呢？”

“咦？那是……”

“在不太了解的情况下，就会觉得好像很有自信吧？等到失败之后，就会开始想，为什么会变成这样呢？”

“唔，有时确实会这样……”

“爱德华兹就正好相反。他总是先去考虑‘为什么会变成这样’，然后再采取行动。他不是没有迷茫，而是在说话或行动时就已经迷茫过了。所以，他是事先完成了迷茫的过程。”

“怎样才能做到这一点呢？”

“嗯，肯定是有各种各样的做法。不过，其中和我们有关的是，他学会了去思考，如果是在‘异世界’，会有什么样的结果。这也是很重要的一点。”

“界面干涉学？”

“根据我们的研究，或许存在着基于魔法文明以外的文明所构建的异世界。这种构想，会给人带来新的视角——这个世界不一定是独一无二的。说实话，爱德华兹作为研究人员，并不是那么优秀，但是，或许不会有别人像他那么需要界面干涉学。因为这门学问会给他带来新的视角——不限于这个停滞不前的世界，还存在着别的可能性。”

“啊……这样啊，那家伙确实和我们一样，属于有故乡却没有祖国的那类人。”

“即使不是我们这样的立场，也有很多人身处没有不便的环境，过着普通的生活，却仍然觉得自己没有立足之地。我认为，这是因为他们发现了这个扭曲世界的古怪形状。”

“这就不知道了，难道每个人都有那种觉悟吗？我认为，像你和爱德华兹那样的人应该不多吧。”

“是啊，像我们这种将歪理累积起来的怪人，或许是挺少的。不过，哪怕没有彻底的觉悟，所有人肯定都会觉得哪里不对劲。所以，大家的脸上才会挂着那种似乎不满的表情。”

“母亲大人，你就总是笑眯眯的。”

“哎呀，在这一点上，我和爱德华兹都戴着面具。”

“你们在演戏？”

“是每个人都在演戏。就像你在学校，即使不愿意，不也要和别人打招呼、交朋友吗？只是我和爱德华兹，在这方面特别淡薄。因为我们认为，这里就是舞台，我们就像在演戏罢了。既然如此，我们就要表现出精彩的演技。反正对于异世界的人来说，这里只不过是一个以荒诞无稽的魔法为基础的异想天开的社会。”

“唔，异世界的人在想什么呢……或许他们根本就不知道我们的存在，或许他们只是偶尔会想，或许有异世界的存在。不过，他们过着怎样的生活，才会在不使用魔法的前提下维持一个文明呢？”

“在这方面，因为和我们不一样，所以我们的学会上也发生了意见分歧。有人认为异世界肯定不如我们，瞧不起对方；有人却认为异世界肯定建立起了更优秀的文化，将对方理想化。不过，我认为两边说的都不对。”

“那你的看法是？”

“对方肯定和我们一样。在另一边的世界，人类一定也是不断地重复着错误，试图维持那个已经扭曲的社会，在矛盾之中苦苦挣扎。他们想要设法改变现状，却只能无能为力地度过每日的时光，然后，偶尔会考虑异世界的事。”

“像我们这样？”

“是的，他们也会对‘这里以外的某处’抱有幻想，或许那只是虚无缥缈的愿望、迫于无奈的妄想。为了摆脱我们所背负的，过去的种种历史、习俗和无可救药的束缚，为了从这些事物之中获得完全的自由——我们就必须暂时前往这个世界的外面。所谓的异世界，就是类似这时候的临时住所。哪怕是在这个世界没有立足之地的人，如果是在异世界，或许就能活下去……”

“那不就只是在逃避吗？”

“但是，你刚才不是也说了，不存在绝对没有错误的社会吗？那么，你觉得要怎样做，才能逐渐纠正这些错误呢？”

“咦？就算你这么问——不过，既然周围的一切都扭曲了，那么……”

“是的，在这个世界上，没有人认为自己可能是错误的，如果仍然要找出不同的方法，就不可能在普通的世界里找到答案，只有鼓励自己在外面寻找。如果还是找不到答案，那就只好以截然不同的角度去看待整个世界了。或许只能从妄想开始，但只有这样才能找到答案。如果要全盘否定现在，那么至今为止的世界上根本就是为此准备的立足之地。”

“唔……这种说法过于艰深，或者说过于牵强了。不可否认界面干涉学确实有这样的一面，但我还是认为应该进行更认真的研究，而不应该过分推崇那些方便自己的妄想或愿望。”

“哎呀，索尼娅，你一定会成为优秀的人物。”

“怎、怎么突然说这个？”

“你觉得魔法怎么样？”

“嗯，我对魔法没什么想法。”

“这样啊。不过，在我们的世界里司空见惯的魔法，在另一个世界里也许会被描述成创造奇迹的神秘力量吧。我们知道那不是足以拯救世界的事物，但在异世界的人看来，也许却不是这样。他们有可能会从中发现，我们完全意想不到的价值。”

“哪怕是平凡无奇的事物，也要从中发现价值，或许这就是‘异世界’视角存在的必要性。”

“至少，我认为爱德华兹就是这么想的。作为研究人员，他实在是动机不纯，所以才总要在我们这里花冤枉钱，无法获取作为学者的收入。”

“唉，毕竟是我们的老客户，没办法太责怪他。不过，他要是再精明点就好了。要不然，偶尔就给他打个折吧？”

“哎呀，这可不行，索尼娅。这些都是规矩，即使不够通融，也不能改变。”

“母亲大人，为什么你的原则会这么模棱两可啊……”

# 后记：旅行与面具

假如你在外国旅行时出了洋相——你可能会认为，“这里是外国，在这里发生的事，不是实际的日常生活。等到回国的时候，就会回归真正的生活。没什么大不了的，毕竟是发生在异域的事情”。你也可能会因为这里是外国，就故意采取在日常生活中无法想象的行动，等到回国后，就在脸上摆出“原来当时还发生过那样的事”的表情，若无其事地回归日常生活。伊丹十三在随笔《欧洲无聊日记》中宣称，这种态度毫无意义。我不确定这是否与文中的表达一致，总之，他想表达的是，即使在外国，也不应该抱着“只是临时的生活”的想法来逃避，不应该放弃自己的人生。因为根本就没有真正生活和临时生活的区别，现实是不会改变的。

我没怎么进行过旅行，所以老实说，我也没有一下子明白，不过我还是能理解他为什么这么说。因为我以前上班或上学的时候，也经常会想，“现在不是我真正的生活，我有兴趣，也有目标，这只是临时的生活”。这样想会得到什么结果呢？结果就是，一无所获。迄今为止，我出版过几本书，总算是成了一名作家，但之所以能走到这一步，是因为我辞去工作，认真对待自己的目标，并为此苦心奋斗了好几年。毕竟，如果放弃了人生，就不得不走这样的弯路。如果正经上班，即使不辞职，应该也能成为作家，不至于失去目标。就是因为我一直在逃避，所以反而被逼上了绝路。结果，我已经记不清以前在公司做过哪些工作，只留下仿佛是舍弃了一部分人生的感触，实在是太可惜了。

有人认为，旅行期间，人们会从日常生活的束缚之中得到解放。在人生的进程之中，很少有机会以不加修饰的真面目示人。大多数情况下，人们总是在演戏。这样实在太沉重了。因此，“至少要有一个卸下伪装的场所——异域的存在”，这种观点似乎很有道理，但如果仔细想想，这样不就等于永远生活在痛苦的生活之中吗？要是把不满发泄到外面就能让自己心情舒畅的话，那当然很好，但真的会那么顺利吗？又不是去无人的荒野，在旅行的目的地，当然会有其他人。一个人对他人的态度不会千变万化，所以不可能一直采取完全不同的态度。这样一来，反而会让脸上的面具变得更加极端。如果划定自己的生活范围，认为其他都与自己无关的话，那么真正的生活就会变得非常狭小。

也许，我们犯了一个决定性的错误，对于并非无所不知、无所不能的我们来说，这是不可避免的。如果真的有正确的立场，站在那个立场上，就会看到我们戴着非常滑稽的面具吧。我们之所以憧憬旅行，希望在旅途中遇见某人，一定不是因为我们想在那里摘下自己的面具，而是因为我们想知道，自己在不知不觉之间戴上了什么样的面具吧。《杀龙事件》这部作品讲述了一个关于旅行的故事，一个关于我们无法前往的异域的故事。在我们的世界里没有龙，不会有龙被杀，也不会有戴着面具的小丑明目张胆地嘲笑战争局势。这是一个虚构的故事。所以我试图把它描写成在这个世界旅行的样子。我不断告诉自己，这里是异域，前往这个异域的时候，绝对不能放弃自己的人生。然而，我终究还是不知不觉地无视了自己的意见，只顾着追逐比作者本人要明智的，这个故事的登场主人公踏上旅途。不过，这或许也是不可避免的。恐怕我们都搞错了——所有人都在旅行，我们隔着不知何时紧贴在脸上的面具，拼命地寻找自己的道路。

图书在版编目（CIP）数据

杀龙事件 /（日）上远野浩平著；汤豆腐译 . -- 宁波：宁波出版社，2022.8

ISBN 978-7-5526-4612-2

Ⅰ . ①杀… Ⅱ . ①上… ②汤… Ⅲ . ①推理小说—日本—现代 Ⅳ . ① I313.45

中国版本图书馆 CIP 数据核字（2022）第 101238 号

版权合同登记号：图字 11—2022—227



**杀龙事件**
**SHALONG SHIJIAN**

[日]上远野浩平　著
汤豆腐　译

出版发行　宁波出版社
（宁波市甬江大道 1 号宁波书城 8 号楼 6 楼　315040）
责任编辑　孙秀秀
责任校对　叶呈圆
印　　刷　北京盛通印刷股份有限公司
开　　本　880mm × 1230mm　1/32
印　　张　9.75
字　　数　185 千
版　　次　2022 年 8 月第 1 版
印　　次　2022 年 8 月第 1 次印刷
标准书号　ISBN 978-7-5526-4612-2
定　　价　48.00 元

如发现缺页或倒装，影响阅读，请与印刷厂联系，电话：010-52249876

New Arrival

《炼金术师的消失》

[日] 绀野天龙 著
杜星宇 译

为了调查原初的炼金术师的宝藏，亚斯塔禄王国的炼金术师特蕾莎和艾米利亚来到水银塔。没想到前来此地的还有巴力帝国的炼金术师、调查“神隐”现象的圣骑士团、到访的巡礼者以及一位令艾米利亚惊讶的故人。怀揣着各自目的的一群人，因一场暴风雨被困在孤岛的水银塔中。而一夜过后，圣骑士团队长被谋害，随后几个夜晚又陆续有更多人遇难……